हिन्द पॉकेट बुक

# महान सम्राट
# चन्द्रगुप्त मौर्य

ये महापुरुषों की जीवनियां हैं, जिन्हें छोटों एवं किशोरों के लिए सजाया-संवारा गया है, ताकि इन्हें पढ़कर उनमें उनके जैसा बनने, ऊंचा उठने और दुनिया में बड़ा नाम कमाने की प्रेरणा जाग सके। महान हस्तियों की ये जीवनियां बहुत सरल भाषा में और कहानियों की तरह रोचक ढंग से लिखी गई हैं। इसलिए इन्हें याद करने में भी बड़ी आसानी होगी। सभी जीवनियों में रेखाचित्र और आखीर में एक प्रश्नावली दी गई है, ताकि पढ़ने के बाद लगे हाथ आपकी परीक्षा हो सके।

चन्द्रगुप्त बचपन से ही वीर, साहसी एवं विलक्षण गुणों वाला था। वह माता एवं गुरु का परम भक्त था। एक दिन उसके गुरु चाणक्य ने उसको अखण्ड भारत का महान राजा बना कर दिखला दिया। चन्द्रगुप्त की वीरता एवं चाणक्य की सलाह के कारण ही सिकन्दर को भारत छोड़ना पड़ा।

सुरुचिपूर्ण एवं प्रेरणादायक सचित्र जीवनियाँ

# महान सम्राट चन्द्रगुप्त मौर्य

राजवीर सिंह 'दार्शनिक'

हिन्द पॉकेट बुक्स
पेंगुइन रैंडम हाउस इम्प्रिंट

**हिन्द पॉकेट बुक्स**

यूएसए | कनाडा | यूके | आयरलैंड | ऑस्ट्रेलिया | सिंगापुर
न्यू ज़ीलैंड | भारत | दक्षिण अफ्रीका | चीन

हिन्द पॉकेट बुक्स, पेंगुइन रैंडम हाउस ग्रुप ऑफ़ कम्पनीज़ का हिस्सा है,
जिसका पता global.penguinrandomhouse.com पर मिलेगा

पेंगुइन रैंडम हाउस इंडिया प्रा. लि.,
चौथी मंजिल, कैपिटल टावर -1, एम जी रोड,
गुड़गांव 122 002, हरियाणा, भारत

पेंगुइन
रैंडम हाउस
इंडिया

प्रथम संस्करण हिन्द पॉकेट बुक्स द्वारा 2011 में प्रकाशित
यह संस्करण हिन्द पॉकेट बुक्स में पेंगुइन रैंडम हाउस द्वारा 2022 में प्रकाशित



10 9 8 7 6 5 4 3 2

इस पुस्तक में व्यक्त विचार लेखक के अपने हैं, जिनका यथासंभव तथ्यात्मक
सत्यापन किया गया है, और इस संबंध में प्रकाशक एवं सहयोगी
प्रकाशक किसी भी रूप में उत्तरदायी नहीं हैं।

ISBN 9789353491741

टाइपसेटिंग: स्कैनसेट, नई दिल्ली
मुद्रकः रेप्रो इडिया लिमिटेड



www.penguin.co.in

FSC
www.fsc.org
MIX
Paper from
responsible sources
FSC® C047271

This is a legitimate digitally printed version of the book and therefore might not have certain extra finishing on the cover.

# चन्द्रगुप्त

तक्षशिला में चणक नामक ब्राह्मण था। उनके यहां एक अनूठी प्रतिभा के बालक ने जन्म लिया। जैन मुनियों ने उसका नाम चाणक्य रखा। लेकिन प्रारम्भ में वह विष्णुगुप्त के नाम से जाना गया। चणक असमय ही स्वर्ग सिधार गए और परिवार के भरण-पोषण का दायित्व उनकी धर्मपत्नी चणेश्वरी के कंधों पर आ गया। उसने चाणक्य को जैन मुनि बनने के लिए प्रेरित किया, लेकिन उसने अपनी मां की इच्छा के विरुद्ध किसी योग्य आचार्य के आश्रम में रहकर नीतिशास्त्र, धनुर्विद्या, अर्थशास्त्र आदि विद्याओं का अध्ययन किया और फिर अपना एक निजी आश्रम स्थापित कर लिया। लेकिन धनाभाव से आश्रम की व्यवस्था ठीक नहीं चल पा रही थी।

आख़िर एक दिन उसकी मां ने उससे पूछ ही लिया, 'बेटे विष्णुगुप्त! क्या आश्रम का कार्य ठीक नहीं चल रहा है?

'हां, मां धन की कमी से कुछ समस्याएं आ रही हैं। छात्रों के रहने के लिए भवन नहीं बन पा रहा है।'

'बेटे! तुम ब्राह्मण पुत्र हो। क्या दान मांगने से भय लगता है?

'हां माते! यह मेरे स्वाभिमान के विपरीत जाता है।'

'कैसी बातें करते हो बेटे। ब्राह्मण का दान लेना शास्त्रसम्मत धर्म है और धार्मिक कार्य में स्वाभिमान के प्रभावित होने का सवाल ही नहीं उठता।'

'दान किससे लें मां? मगध का राजा धननंद ही एक सम्पन्न राजा है, लेकिन उसकी दान में मान नहीं है। फिर किसके द्वार पर जाकर अलख जगाऊ?'

'अब धननंद पहले वाला धननंद नहीं है। अब उसकी दान के प्रति मान बढ़ा

चाणक्य अपनी माता चणेश्वरी के साथ

है। ब्राह्मणों को वह लाखों रुपये दान दे रहा है। एक बार जाकर प्रयास करके तो देखो।'

'ठीक है माते! कल ही मैं उसके दरबार में भिक्षुक के रूप में जाकर उसकी श्रद्धा देख लेता हूं।'

अगले ही दिन चाणक्य पुष्पपुर (पाटलिपुत्र) पहुंच गया। उसने वहां देखा कि वास्तव में ही महाराज धननंद में आश्चर्यजनक परिवर्तन आया हुआ है। उसने दान देने के लिए एक भुक्तिशाला (वह स्थान जहां दान लेने के इच्छुक इकट्ठे होते हैं) का निर्माण किया हुआ है। 'क्यों न मैं भी इस भुक्तिशाला में बिछे हुए आसन पर बैठ जाऊं?' उसने मन-ही-मन सोचा और अग्रासन (वह आसन जिस पर कोई बड़ा विद्वान पंडित दान लेने बैठता है) पर बैठ गया। यथा समय राजा नन्द सुंदर वस्त्र पहनकर भुक्तिशाला में आया। वहां प्रवेश करते ही उसकी दृष्टि चाणक्य पर पड़ी। चाणक्य देखने में न सुंदर लगता था और न ही विद्वान। अतः उसे अग्रासन पर बैठे देखकर नन्द के मन में क्रोधाग्नि दहक उठी, फिर भी उसने संयत स्वर में कहा, 'तुम कौन हो जो इस अग्रासन पर बैठे हुए हो?'

चाणक्य ने उत्तर दिया, 'यह मैं हूं।'

अब नन्द के संयम का बांध टूट गया। वह तुरंत चिल्ला उठा, 'इस नीच को धक्के देकर बाहर निकाल दो।'

चाणक्य भी क्रोधी स्वभाव के थे, वे तुरंत अग्रासन से खड़े हो गए और आवेशित स्वर से कहने लगे, 'महाराज! मैं नीच नहीं, बल्कि ब्राह्मण कुल में जन्म लेने वाला एक सम्मानित पंडित हूं।'

'तुम्हारे पास क्या प्रमाण है कि तुम विद्वान पंडित हो?'

'आपके प्रश्न का मेरे पास उत्तर है, लेकिन मैं आपके समक्ष उत्तर देकर स्वयं को अपमानित करना नहीं चाहता, किन्तु यह प्रश्न करना तो मैं भी जानता हूं कि आपके पास क्या प्रमाण है कि मैं विद्वान ब्राह्मण नहीं हूं।'

'मेरे साथ प्रतिवाद का अर्थ समझते हो?'

'प्राणदंड!'

'फिर भी प्रतिवाद पर डटे हुए हो?'

'यह सिद्ध करने के लिए कि मैं विद्वान ब्राह्मण हूं। यदि मैं मौत से डर गया तो

विद्वान नहीं और यदि नहीं डरा तो विद्वान हूं। अहंकारी महाराज! आपको मौत से डरना चाहिए क्योंकि न आप विद्वान हैं और न विद्वानों का आदर करना जानते हैं।'

धननंद का चेहरा क्रोध से तमतमा उठा था। इससे पहले कि वह वहां खड़े हुए सुरक्षाकर्मियों को कोई आदेश दे, उसके एक योग्य सभासद धर्मकेतु ने उस स्थिति को सम्हाल लिया। लेकिन विष्णुगुप्त स्वयं को न सम्हाल पा रहा था। उसने आवेशित मुद्रा में नन्द की ओर देखा और अगले ही क्षण अपना कमंडल इन्द्रकील पर पटक दिया। तुरंत अपनी शिखा (सिर की चोटी) की गांठ खोली और बड़बड़ाता हुआ चल पड़ा, 'अहंकारी धननंद! अपने अपमान का बदला मैंने न लिया तो यह शिखा की गांठ यूं ही खुली रहेगी। मेरे बदले का अर्थ होगा धननंद के वंश का सर्वनाश। यह मेरा संकल्प है! यह मेरा वचन है!!! यह मेरा सबसे निकटतम लक्ष्य है!!!'

यद्यपि चाणक्य की यह बड़बड़ाहट धननंद को सुनाई नहीं दी, फिर भी उसने सुरक्षाकर्मियों को उसके पकड़ने का आदेश देना चाहा, लेकिन धर्मकेतु ने नन्द को समझाते हुए कहा, 'क्षमा करें महाराज! इसे आप न रोकें तो अच्छा है।'

'आपको पता है धर्मकेतु! कि इसने कितना बड़ा दुस्साहस किया है और वह भी मेरे समक्ष?'

'मैंने सब अपनी आंखों से देखा है महाराज! इसने निश्चय ही दंडनीय अपराध किया है, लेकिन इसे दंड देने से कोई लाभ नहीं होगा।'

'क्यों नहीं होगा? क्या दंड से इसकी बुद्धि ठीक नहीं हो जाएगी?'

'यह एक विद्वान पंडित प्रतीत होता है और विद्वान कभी राजदंड से नहीं डरते, फिर इनके लिए दंड की सार्थकता क्या है। इस ब्राह्मण को यथास्थिति जाने दिया जाए। मेरा तो यही परामर्श है महाराज!'

धननंद क्रोध का घूंट पीकर वहां से हट गया।

# 2

चाणक्य ने पाटलिपुत्र में अन्न-जल भी ग्रहण नहीं किया। वे पाटलिपुत्र को पीछे छोड़ते हुए तक्षशिला की ओर बढ़ने लगे। अभी तक उनकी मानसिक स्थिति ज्यों-की-त्यों बनी हुई थी। मन में क्रोध के अंगारे उसी भांति धधक रहे थे। 'कैसे इस पिशाच धननंद से अपने अपमान का बदला लिया जाए?' वे इस योजना पर चिन्तन कर ही रहे थे कि उनकी दृष्टि बस्ती से बाहर खेलते हुए कुछ बच्चों पर जा टिकी। उनके पैर अचानक वहीं रुक गए। उनके खेल को समझना उनके लिए कोई कठिन बात नहीं थी। कुछ बच्चों को रस्सियों से बांधकर क्रीड़ास्थल पर ही डाला हुआ था। उनके दूसरी ओर कुछ बच्चे खिलौनों के आकार के भाले लिए हुए खड़े थे। उनके मध्य एक पन्द्रह वर्षीय बालक खिलौनों के आकार के तीर-कमान हाथ में थामे खड़ा था। यह खेल एक नाटक था, जिसका नायक वही पन्द्रह वर्षीय बच्चा था।

उस नायक को यह आभास नहीं हुआ कि उसके इस नाटक को कोई अन्य भी देख रहा है। उस नायक ने एक राजा की भूमिका अभिनीत करते हुए कहना शुरू कर दिया–'बन्धुओ! आज हम इस विजय पर खुशी क्यों न मनाएं। इन म्लेच्छ यवनों ने हमारे देश पर आक्रमण को विफल करते हुए इनको युद्ध-बन्दी बना लिया है। इन्हें दंड देना अभी बाकी है, लेकिन दंड देने से पूर्व मैं अपनी वीर सेना को इस विजय की बधाई देना चाहूंगा।

मित्रो! आपने इस विजय से इस देश की ही रक्षा नहीं की है, बल्कि इस देश की संस्कृति की रक्षा की है। इस देश की संस्कृति क्या है? ज्ञान और विज्ञान के प्रकाश में मानव का सुखी जीवन, लेकिन म्लेच्छों की आंखें इस देश की संस्कृति को घूर रही हैं। वे इसे मिटाना चाहते हैं और उसके स्थान पर अपना अज्ञान थोपना

चाणक्य की दृष्टि खेलते हुए कुछ बच्चों पर जा टिकी

चाहते हैं। आपको ऐसा नहीं होने देना है। इसके लिए आपको जागना होगा, अपने आपको पहचानना होगा।'

इसके साथ उन बच्चों का नाटक तो समाप्त हो गया, किन्तु चाणक्य के मन में एक नई चिन्तन श्रृंखला शुरू हो गई–'कौन है यह बालक? इतनी कम आयु में इतना बड़ा साहस? यह कोई साधारण बालक नहीं हो सकता और न ही यह इस बस्ती का निवासी हो सकता। यह किसी राजवंश का दीपक है जो किन्हीं विपरीत परिस्थितियों में यहां भटक कर आ गया है। इसके मुख पर अभी से शौर्य का ओज चमक रहा है। क्यों न इस बालक से सम्पर्क किया जाए। हो सकता है यह मेरी योजना का ही एक अंग निकले।'

चाणक्य तुरंत आगे बढ़कर उस बालक के समक्ष खड़े हो गए और अगले ही क्षण बोल उठे, 'बेटे! क्या तुम मुझे अपना हाथ दिखा सकते हो?'

'क्यों नहीं मान्यवर! यह लीजिए मेरा हाथ।' उस बालक ने उनके समक्ष, अपना हाथ फैला दिया।

विष्णुगुप्त ज्यों-ज्यों उसकी हस्तरेखाएं देखते गए त्यों-त्यों विस्मय में खोते रहे। उन्होंने निष्कर्ष निकाल लिया कि यह बालक एक चक्रवर्ती सम्राट बनेगा। अचानक उनके मन में प्रसन्नता का सोता फूट पड़ा। उन्होंने मन-ही-मन निश्चय किया कि वह अपने लक्ष्य के पास खड़ा है। उसने हल्की मुस्कराहट के साथ उस बालक से कहना शुरू कर दिया–'अति सुंदर... अति भव्य... अति विलक्षण! वत्स! क्या तुम मेरे शिष्य बनोगे?'

'क्या मैं ऐसा कर सकूंगी?' बालक ने विनीत स्वर से कहा।

'जब तुम्हारा गुरु जो अब तुम्हारे समक्ष खड़ा है, कर सकता है तो उसका शिष्य क्यों नहीं कर सकेगा।'

'मुझे खुशी होगी देव! लेकिन मेरे माता-पिता से आपको यह अनुमति लेनी पड़ेगी।'

'मुझे अपने माता-पिता से मिलाओगे!'

'क्यों नहीं देव! वे आपको अपनी कुटिया में देखकर बहुत प्रसन्न होंगे।'

चाणक्य बालक के व्यवहार से बहुत प्रभावित हुए और उसके घर पर पहुंच गए। बालक के पिता ने उनका स्वागत किया और एक आसन पर बैठने का

निवेदन किया। बैठते ही चाणक्य ने बातों का क्रम शुरू कर दिया–'मान्यवर! मैं आपके बच्चे के सम्बन्ध में कुछ जानना चाहता हूं। यदि आप बुरा न मानें तो यह भी कहना चाहता हूं कि यह बालक आपका नहीं है, ऐसा मुझे प्रतीत हो रहा है।'

'भद्रे! इस बालक की व्यवहार शैली और भावभंगिमाओं से मैंने यह अनुमान लगाया है कि यह बालक किसी उच्च कुल का है। इसकी हस्तरेखाओं से स्पष्ट देखा जा सकता है कि यह एक दिन चक्रवर्ती सम्राट बनेगा।'

'महाराज! इस बालक को हमने अपने पुत्र की भांति पाला-पोसा है। अब यह हमारे जीवन का आधार भी है, लेकिन मैं झूठ क्यों बोलूं। महाराज! आपका अनुमान सत्य है कि यह मेरा पुत्र नहीं है। यही बालक एक नवजात शिशु के रूप में मुझे जंगल में पड़ा हुआ मिला था। इसके शरीर पर कोई कपड़ा भी नहीं था, हां एक रत्नजड़ित रक्षाकवच था, जो अभी भी मेरे पास है।'

'रक्षाकवच?' चाणक्य कुछ देर तक चिन्तन प्रक्रिया में डूब गए और एक गहरी स्वांस छोड़ते हुए बोले, 'क्या इस रक्षाकवच को मुझे दिखा सकोगे?'

'इसमें मुझे कोई संकोच नहीं होगा।' यह कहकर वह उठा और कुछ ही क्षणों में वह रक्षाकवच ध्यान से देखा और पुनः चिन्तन की गहराई में उतर गए। कुछ देर बाद अपने चिन्तन को खंडित करते हुए वे बोले, 'मान्यवर! यह बालक आप मुझे दे दीजिए। इसकी हस्तरेखाएं तभी सार्थक हो सकती हैं यदि इसे मेरा शिष्य बनने का अवसर मिले।'

चाणक्य की बातों को सुनकर बालक का पिता दुविधा में पड़ गया। उसके समक्ष एक ओर इस बालक का स्वर्णिम भविष्य था तथा दूसरी ओर उसका बालक के प्रति मोह। वह किसी भी निर्णय पर नहीं पहुंच पा रहा था। तभी विष्णुगुप्त के स्वर ने उसका चिन्तन खंडित कर दिया, 'आपको शायद इस बालक का मोह व्यथित कर रहा होगा। यह स्वाभाविक भी है, लेकिन यह बालक कोई साधारण बालक नहीं है। इसके भविष्य को देखिए! उस इतिहास को देखिए जिसका निर्माण यह तुम्हारा बालक करेगा।'

वह फिर भी मौन ही बना रहा। उसके मौन को देखते हुए वह बालक कुछ आगे बढ़ा और अधिकारपूर्ण शब्दों से अपने पिता के समक्ष अपने विचार रखने लगा,

'पिताजी! प्रतीत होता है आप मेरे मोह में घिर चुके हैं, लेकिन इसके लिए मैं आपको दोष नहीं दूंगा, किन्तु यह बात अवश्य कहना चाहूंगा क्या मेरे गुरुजी के आश्रम में पहुंचते ही यह मोह समाप्त हो जाएगा? अन्यथा आपका यह मोह बना ही रहेगा। गुरुजी जिस इतिहास की बात कह रहे हैं, उसे मैं नहीं रचूंगा, बल्कि आपका बेटा रचेगा। अब आपका मोह उस इतिहास के प्रति होना चाहिए। आप मुझे इस ब्राह्मण को दान दीजिए।'

उसकी आंखों से अश्रु टपकने लगे। वह भावुक स्वर में बोलने लगा, 'क्या मेरा बेटा इतिहास रचेगा? वह इन यवनों को इस आर्यवृत से बाहर कर सकेगा? वह मगध जैसे राज्य का सम्राट बन सकेगा?'

मगध का नाम सुनते ही विष्णुगुप्त के चेहरे पर आक्रोश उभर आया। वह आवेशित स्वर में बोल उठा, 'मान्यवर! तेरा यह बालक मगध के सिहांसन पर बैठेगा और मैं अपने हाथों से इसका राज्याभिषेक करूंगा। यह इस ब्राह्मण का वचन है।'

# 3

विष्णुगुप्त उस बालक को तक्षशिला में स्थित अपने आश्रम में ले आए। यही बालक चन्द्रगुप्त मौर्य के नाम से प्रसिद्ध हुआ। चाणक्य एक हठी और क्रोधी ब्राह्मण था। धननंद द्वारा अपमानित होने की घटना एक क्षण के लिए भी उसके मस्तिष्क से लुप्त नहीं होती थी। जहां इस घटना से वह आहत हुआ था अब वह चन्द्रगुप्त जैसे शिष्य को पाकर उतना ही प्रसन्न था। चाणक्य ने चन्द्रगुप्त को शस्त्र व शास्त्र विद्या से निपुण कर दिया था। उसमें नेतृत्व करने की क्षमता अद्वितीय थी। अपनी इस विशेषता के कारण वह अपने सहपाठियों में लोकप्रिय हो चुका था।

यद्यपि चाणक्य को अपने सभी शिष्य प्रिय थे, लेकिन चन्द्रगुप्त से उनका विशेष लगाव था, क्योंकि चन्द्रगुप्त उनको लक्ष्य तक पहुंचाने में एक सशक्त साधन था। एक दिन संध्याकाल में चाणक्य आश्रम के एक कोने में बैठे चिन्ता में डूबे हुए थे। वह धीरे-धीरे उसी दिशा में चल पड़ा। जैसे ही वह उनके निकट पहुंचा तो उनकी विचार श्रृंखला खंडित हो गई। उसने झुककर उनके चरण स्पर्श किए और विनीत स्वर में कहने लगा, 'गुरुदेव! आप कुछ दिनों से चिंतित क्यों रहते हैं, इसका कारण मैं भली-भांति जानता हूं। आपकी करुणा ने मुझे शस्त्र और शास्त्र दोनों में पारंगत कर दिया है। यों तो गुरुदेव, मानव जीवन भर सीखता है, लेकिन आपकी सेवा के लिए जितना आवश्यक था उतना मैंने सीख लिया है। अब आप मुझे आज्ञा दें।'

'वत्स! लक्ष्य का तुम्हें ज्ञान है और मैं यह भी जानता हूं कि उस तक पहुंचने का मार्ग तू जान गया है, लेकिन उस मार्ग में कितनी बड़ी-बड़ी बाधाएं हैं, इसका ज्ञान तुझे अभी और देना शेष है।'

'तो फिर विलम्ब क्यों है गुरुदेव!'

'ठंडा करके खाओ वत्स! कहीं मुंह न जल जाए।

'छाले ही तो पड़ेंगे! पड़ जाने दो, लेकिन मैं मुक्त हो जाऊंगा। जैसे किसी धन के ऋण का भार उस व्यक्ति का सुख-चैन छीन लेता है, ऐसे ही आपके संकल्प के भार ने मेरा चैन छीना हुआ है। मैं अतिशीघ्र आपके संकल्प को पूरा करके इस भार से मुक्त होना चाहता हूं।'

'मैं तुम्हारी भावनाओं को समझता हूं। और यह भी समझता हूं कि मुझे अपना लक्ष्य बहुत प्रिय है, लेकिन अपने लक्ष्य से भी प्रिय तुम हो। मैंने तुम्हें अभी संगठन के सूत्र नहीं बताए हैं। जब तक वे नहीं सीख पाओगे, तब तक मैं तुम्हारी अपने लक्ष्य के लिए बलि नहीं दे सकता। तुम्हारे अन्दर नेतृत्व का गुण अद्वितीय है, लेकिन सेना का संगठन कैसे खड़ा करोगे, यह अभी तुम्हें और सीखना है। मैं कल ही पाटलिपुत्र जा रहा हूं। वहां की सैन्य क्षमता का आकलन करना बहुत ही आवश्यक है। उस सैन्य क्षमता में कोई एक छिद्र अवश्य होगा। मुझे उसका भी पता लगाना है। मुझे वहां कुछ समय लग सकता है। जब तक इस आश्रम की व्यवस्था तुम्हें ही देखनी है। तुम ऐसा कर सकोगे, मुझे तुम्हारे नेतृत्व के गुण पर अटूट विश्वास है।

'ठीक है गुरुदेव ! मैं प्रभु से यही निवेदन करूंगा कि वह मुझे ऐसी शक्ति दे, जिसके द्वारा मैं आपके विश्वास पर खरा उतर सकूं।'

सूरज छिप चुका था और एक धुंधलकी-सी-नभ-पटल को अपने रंग में भिगोने लगी थी। चाणक्य की बातों से संतुष्ट होकर चन्द्रगुप्त भी अपने छात्रावास की ओर धीरे-धीरे बढ़ रहा था। तभी कुछ छात्र शोर मचाते हुए तीव्रगति से आश्रम में प्रवेश कर रहे थे। उनके चेहरे पर भय के चिह आसानी से देखे जा सकते थे। 'कहीं कोई दुर्घटना तो नहीं घट गई है?' इस आशंका के साथ चन्द्रगुप्त उधर ही दौड़ पड़ा और आश्रम से बाहर निकलकर बाहर का दृश्य देखने लगा। उसने देखा कि एक तेंदुआ उधर ही तीव्रगति से आ रहा है। अब उसे छात्रों में व्याप्त भय को समझने में अधिक विलम्ब नहीं लगा, लेकिन उसे आश्चर्य हुआ कि कुछ छात्रों के हाथों में भाला होते हुए भी वे इस तेंदुए से इतने डर गए हैं ? यदि उनमें थोड़ा-सा भी साहस हुआ होता तो वे उसे मार गिरा सकते थे। चन्द्रगुप्त ने हाथ में भाला सम्हाला और अकेला तेंदुए

की ओर दौड़ पड़ा। कुछ छात्रों में भी साहस का संचार हुआ और वे भी चन्द्रगुप्त के पीछे चल पड़े। चन्द्रगुप्त ने अपने शस्त्र कौशल से उसे मार गिराया और उसे खींचकर आश्रम की ओर चल दिया।

छात्रों के इस कोलाहल में चाणक्य की साधना भंग हो गई। वे साधना बीच में ही समाप्त कर कोलाहल की दिशा में चल पड़े। अपने गुरु को अपने निकट देखते ही उन्होंने उत्साह की मुद्रा में कहना प्रारम्भ कर दिया, 'गुरुदेव! चन्द्रगुप्त ने चमत्कार कर डाला है! कितना बलशाली है यह आपका शिष्य! एक ही प्रहार में तेंदुए को चारों खाने चित्त कर डाला। वह देखो, वह उसे खींचकर यहीं ला रहा है।'

चाणक्य के मन में हर्ष का उन्माद था, लेकिन मुखमंडल पर गहराती गंभीरता। छात्र बार-बार यही दोहरा रहे थे कि चन्द्रगुप्त ने तेंदुए को मार गिराया है, लेकिन चाणक्य इस पर कोई टिप्पणी नहीं कर रहे थे। छात्र उनके मुख से कोई प्रतिक्रिया सुनने के लिए अत्यन्त उत्सुक थे, लेकिन वे मौन साधे हुए थे। आख़िर एक शिष्य ने उनसे पूछ ही डाला, 'गुरुदेव! आप मौन क्यों हैं? क्या आप चन्द्रगुप्त के इस कार्य से खुश नहीं हुए हैं?'

'ऐसी बात नहीं है वत्स! यह मेरे लिए अति प्रसन्नता का विषय है कि चन्द्रगुप्त ने मेरी शिक्षा को सार्थक किया है और किसी भयानक जन्तु का शिकार किया है, लेकिन यह जन्तु है कौन जिसे चन्द्रगुप्त खींचकर ला रहा है।'

'यह जन्तु तेंदुआ है गुरुदेव!'

'नहीं, मेरी आंखें कुछ और ही बता रही हैं।'

'हमने स्पष्ट देखा है गुरुदेव! यह हिंसक जन्तु तेंदुआ ही है।'

'चन्द्रगुप्त को आ जाने दो। वह स्वयं बताएगा कि यह हिंसक जन्तु कौन है?'

तभी चन्द्रगुप्त ने तेंदुए के शव के साथ आश्रम में प्रवेश किया और सर्वप्रथम गुरुदेव के चरण स्पर्श किए। चाणक्य ने उसे आशीर्वाद देते हुए कहा, 'विजयी भव वत्स! लेकिन हम सब की शंका का निवारण करो कि यह किस हिंसक जन्तु का शव है?'

'गुरुदेव! आप सबको यह किसी भी जन्तु का शव क्यों न दिखाई दे रहा हो,

लेकिन जब मैंने इस पर आक्रमण किया तो मुझे यह हिंसक दानव मगधराज धननंद दिखाई दे रहा था। यदि मैं इसे तेंदुआ समझकर इस पर आक्रमण करता तो मैं मार नहीं सकता था। इसके पंजों को देखो; कितने लम्बे व घातक नाखून है। एक ही प्रहार में यह मेरे शरीर के मांस को उखाड़ फेंक देता। मेरे पास शस्त्र भी तो कोई विशेष नहीं था।

चाणक्य उसकी ओर बढ़ा तथा अगले ही क्षण उसे अपने सीने से लगा लिया। चन्द्रगुप्त की गुरुभक्ति को देखकर चाणक्य इतने भावुक हुए कि उनकी आंखों से अश्रुधारा बह निकली। चन्द्रगुप्त को अपने से अलग करते हुए उनके मुख से अनायास ही निकल पड़ा, 'वत्स! तुम जैसे शिष्य को पाकर मैं धन्य हुआ। साथ ही साथ मेरा यह विश्वास दृढ़ हो चला है कि मैं अपनी आंखों से मगधराज-उस दुष्ट धननंद का शव भी देख सकूंगा। बेटे! तुमने मगध जाने से पूर्व ही इतनी बड़ी प्रसन्नता दे डाली है कि तुम्हारी जय बोलने को मन अधीर हुआ जा रहा है। मुझे जय बोलनी ही पड़ेगी, भावी मगधराज चन्द्रगुप्त की जय!'

'नहीं गुरुदेव! एक शिष्य की जयघोष करते हुए आपको शोभा नहीं देता। आपकी जयघोष करते हुए हम शोभायमान हो सकते हैं, फिर उस क्षण को अपने हाथों से हम क्यों जाने दें। बोलो महामानव गुरुदेव की जय!'

सम्पूर्ण परिसर गुरुदेव की जयघोष से गूंज उठा।

# 4

जिस समय चाणक्य पाटलिपुत्र पहुंचे तो पाटलिपुत्र में एक उत्सव मनाया जा रहा था। धननंद ने अपनी बड़ी रानी के ज्येष्ठ पुत्र को युवराज घोषित किया था। इसी खुशी में इस उत्सव का आयोजन किया गया था। चाणक्य भी अपनी पहचान छिपाकर इस उत्सव का एक अंग बन चुके थे। वे इस उत्सव के बहाने पाटलिपुत्र का वैभव देखना चाह रहे थे। युवराज को हाथी पर बैठाकर शोभायात्रा निकाली जा रही थी। यह शोभायात्रा पाटलिपुत्र की गली-मोहल्लों से गुज़र रही थी। मार्ग के दोनों ओर पाटलिपुत्र निवासी हाथ में पुष्प लिए खड़े थे। जहां-जहां से यह शोभायात्रा गुजरती थी, वहां खड़े नगरवासी युवराज के ऊपर पुष्प वर्षा करते जाते थे। यह शोभा यात्रा राजभवन के आंगन में जाकर एक यज्ञ में परिवर्तित हो गई।

इस कार्य के लिए एक बड़ी यज्ञ-वेदी बनवाई गई थी। वेदी की चारों दिशाओं में खड़े होकर पुरोहित मंत्रों का उच्चारण करते जाते थे और घृत व सामग्री के साथ-साथ युवराज के द्वारा पशुबलि भी दी जा रही थी।

यज्ञ तो समाप्त हो चला था, लेकिन चाणक्य के लिए वह अनेकों प्रश्न छोड़ गया था। चाणक्य इन प्रश्नों से उलझे हुए बिना गन्तव्य निश्चित किए आगे बढ़ते जा रहे थे। वे शारीरिक रूप से भी अब थक चुके थे और कहीं कुछ देर ठहर कर विश्राम करना चाहते थे, लेकिन उन्हें कोई कोई ऐसा स्थान दिखाई नहीं दे रहा था। आगे बढ़ते हुए अचानक उनकी दृष्टि एक शिव मन्दिर पर पड़ी। उन्होंने तुरंत निश्चय कर लिया कि इससे अच्छा और कोई स्थान यहां मिलेगा भी नहीं, अतः क्यों न इसके अन्दर ही कुछ समय व्यतीत किया जाए। उन्होंने इधर-उधर देखा और तुरंत मन्दिर में प्रवेश कर गए। मन्दिर के कुएं से शीतल जल पिया और वहीं पत्थर के बने एक मंच पर लेट गए।

धननद अपने मंत्री अमात्य के साथ

उनका चिन्तन पुनः सक्रिय हो गया, ‘अच्छा हुआ आज मैं इस उत्सव के अवसर पर पाटलिपुत्र में आ सका। नहीं आता तो एक बहुत बड़े भ्रम का शिकार बन गया होता। मुझे यह भ्रम था कि चन्द्रगुप्त आसानी से धननंद को पराजित कर सकेगा, लेकिन धननंद की पराजय के स्वप्न देखना यथार्थ से दूर भागना है। यह शोभायात्रा तो थी ही, लेकिन इसके आगे-पीछे चलते सैन्य बलों की टुकड़ियां, अश्वबल, हस्तिबल को देखकर यह सहज ही में अनुमान लगाया जा सकता है कि धननंद का सैन्यबल अजेय है। यह शोभायात्रा इस नगर के निवासियों के लिए हो सकती थी, लेकिन मेरे लिए यह धननंद द्वारा अपनी शक्ति का सफल प्रदर्शन था।

‘लेकिन क्या अपनी प्रतिज्ञा को भूल जाऊं? क्या उस दरिद्र चरवाहे का दिया गया वह वचन तोड़ दूं कि एक दिन मैं तेरे इस पुत्र का अपने हाथों से राज्याभिषेक करूंगा? नहीं, गंगा अपना प्रवाह बदल सकती है। चांद-सूरज अपनी दिशा बदल सकते हैं, लेकिन चाणक्य का संकल्प नहीं बदला जा सकता। मुझे किसी नई नीति पर काम करना होगा। यह सही है कि कोई बाह्य शत्रु की सेना धननंद को पराजित नहीं कर सकती, लेकिन धननंद की सेना तो धननंद को पराजित कर सकती हैं। बस, अब इसी नीति पर काम करना होगा। उस सूत्र तक पहुंचना होगा जो सेना और धननंद के मध्य दूरियां बढ़ा सकता हो। एक ऐसा छिद्र खोजना होगा जिससे धननंद द्वारा प्रताड़ित सैन्य अधिकारियों या अन्य प्रभावशाली व्यक्तियों की पीड़ा उस छिद्र के माध्यम से मुझ तक पहुंचती रहे। लेकिन ऐसा छिद्र मिलना क्या आसान काम है? हां, चाणक्य के लिए यह अत्यन्त सरल कार्य है।’

संध्या का आगमन होने वाला था। चरवाहे अपने-अपने पशुओं को लेकर नगर में प्रवेश कर चुके थे। पक्षी भी रात्रि में विश्राम के लिए पेड़ों की शाखाओं पर निर्मित अपने-अपने घोंसलों की ओर उड़ते जा रहे थे। उनके मुख से निकलते स्वरों के गुंजन उत्सव-सा सजा रहे थे। लेकिन चाणक्य के मन में अब यह चिन्ता अपना घोंसला बना रही थी कि रात्रि-विश्राम कहां किया जाए। उसने अपनी ओर देखा और तुरंत निर्णय लिया कि इस ब्राह्मण को यहां कौन आश्रय नहीं दे सकता? वह खड़ा हो गया और मन्दिर से बाहर निकलकर उस मकान के पास पहुंच गया जो

नगर की बाह्य बस्ती में सबसे अंत में स्थित था। उसने धीरे से कपाट थपथपाए। अन्दर से एक पुरुष का स्वर सुनाई दिया– 'कौन?'

'एक ब्राह्मण,' चाणक्य ने निःसंकोच उत्तर दे दिया।

'इतनी रात गए आने का उद्देश्य?'

'इस रात्रि में आश्रय चाहिए।'

'ठीक है, क्षण भर की प्रतीक्षा कीजिए।' यह कहते हुए गृहस्वामी ने कपाट खोल दिए।

गृहस्वामी ने पहले कुछ क्षणों तक चाणक्य को ऊपर से नीचे तक देखा और फिर औपचारिकतावश उसे कहना ही पड़ा, 'आपका स्वागत है महाराज!...लेकिन कुछ अनुबंधों के साथ।

'बड़े विचित्र हैं मान्यवर आप! स्वागत और वह भी अनुबंधों के साथ?' चाणक्य ने हल्की मुस्कराहट के साथ कहा।

'मैं आप जैसे ब्राह्मण का बिना अनुबंध के स्वागत करके दंड भोग चुका हूं। इसलिए अब मैं फूंक-फूंक कर कदम रख रहा हूं।'

'तो फिर अपना अनुबंध, बताइए?

'मुझे आपके इस बकुचे की जांच करनी होगी कि इसमें बौद्ध धर्म से सम्बन्धित कोई पुस्तक तो नहीं है।'

'यदि मेरे पास कोई पुस्तक मिल गई?'

'तो आपको यहां से जाना होगा, अन्यथा मुझे किसी बौद्ध को अपने घर में आश्रय देने के अपराध में राजदंड भोगना पड़ेगा।'

'आप मेरे बकुचे को खोलकर देख सकते हैं। इसमें कुछ कपड़े और एक बही मिलेगी।'

'कपड़ों के साथ में बही क्यों है?'

'मैं जाति से ब्राह्मण-भाट हूं। मेरा कार्य किसी वंश का इतिहास लिखना है। मैं नन्दवंश का इतिहास लिखने पर नगर में आया हूं, लेकिन मुझे यहां आने में रात हो गई इसलिए आपको कष्ट देना पड़ा।'

'जब आप एक इतिहास-लेखक हैं तो फिर राजभवन में आपका यहां से कहीं अधिक अच्छा सत्कार हो सकता था।'

'सत्कार तो अच्छा हो सकता था, लेकिन इतिहास गलत लिखा जा सकता था। क्योंकि शासन के दबाव में मुझे वे ही तथ्य लिखने पड़ते जो वर्तमान राजा धननंद की प्रतिष्ठा को बढ़ाने वाले होते। राजभवन में बैठकर जितने भी इतिहास लिखे गए हैं उनका सत्य से कोई संवाद नहीं है। लेकिन मेरा इतिहास सत्य पर आधारित होगा और वह लिखा जाएगा किसी तटस्थ व्यक्ति के आश्रय में रहकर।'

'मैं आपकी भावना को समझ सकता हूं, लेकिन यदि आप इस नगर में विलम्ब से न आते तो आज दिन का उत्सव देख सकते थे। संभवतः आपको इस नगर के भावी इतिहास की कुछ झलक मिल सकती थी।'

'ऐसा कौन-सा उत्सव था जो इतिहास के लिए इतना महत्त्वपूर्ण था।'

'आज धननंद ने अपना उत्तराधिकारी घोषित किया है। बड़ी रानी सुनन्दा के ज्येष्ठ पुत्र को युवराज का मुकुट धारण करा दिया गया है। सम्पूर्ण नगर तोरण आदि से सजाया गया था नगर की शोभा आज देखते ही बनती थी। सभी नर-नारी खुशी से झूम रहे थे।'

'मैं इतिहासकार होने के नाते कह सकता हूं कि आपकी बातें आंशिक ही सत्य हैं। राजा से सभी नर-नारी खुश नहीं हो सकते। उनके अनेकों विरोधी इस नगर में बिना खोजे ही मिल जाएंगे। क्या वे भी खुशी से झूम रहे थे।'

'नहीं, वे खुशी से क्यों झूमने लगे। राजमहल में भी एक व्यक्ति ऐसा रहा होगा, जिसके मन में खुशी के स्थान पर संभवतः ईर्ष्या होगी। वह भी खुशी से नहीं झूमी होगी।'

'उसे खुशी क्यों नहीं हुई होगी?"

'क्योंकि उसके साथ राजा ने अन्याय किया हुआ है। लेकिन इन बातों को छोड़ो! मैं भी कितना बुद्धिहीन निकला। बातों के प्रवाह में बह चला और आपको खाने-पीने के लिए भी नहीं पूछ सका! ब्राह्मण देव! इसके लिए मैं क्षमा प्रार्थी हूं। पहले आप भोजन कर लीजिए, बातों के लिए तो सारी रात पड़ी है।

'मुझे भूख नहीं है मान्यवर! आपकी बातें मेरे लिए ऐतिहासिक महत्त्व रखती हैं। बस आप पुनः बातों की श्रृंखला शुरू कर दीजिए।'

'हां, मैं कह रहा था राजा ने अपनी छोटी रानी मूरा के प्रति अन्याय नहीं

बल्कि अपराध किया हुआ। इसलिए वह कैसे इस खुशी में सम्मिलित हो सकती थी।'

'क्या अपराध था?' चाणक्य ने सचेत होते हुए पूछा।

'महाराज! कल आप इस पाटलिपुत्र में भ्रमण तो अवश्य करेंगे। पाटलिपुत्र की विशाल अट्टालिकाएं, ऊंचे-ऊंचे राजप्रासाद, बड़े-बड़े सैन्य बल और नगर में स्थापित अद्भुत शांति आपको इस भ्रम में डाल देगी कि यहां का सम्राट अवश्य ही कोई ऊंचे चरित्र का महामानव होगा, लेकिन ऐसा कहीं तक भी नहीं है। धननंद एक विलासी राजा है। सुरा-सुंदरी में आसक्ति रखता है। सुंदर युवतियां उसके चरित्र का एक नकारात्मक अंग हैं। इसी मनोभावना में लिप्त हुआ एक दिन वह मूरा नाम की शूद्र कन्या को जो अद्भुत सौंदर्य की स्वामिनी थी, उठाकर अपने रंगमहल में ले आया था और उसे अपनी रानी बना लिया था। मूरा नाम की इस रानी से एक पुत्र उत्पन्न हुआ जो इस धननंद का ज्येष्ठ पुत्र था। धननंद की बड़ी रानी सुनन्दा तब तक पुत्रवती नहीं थी। अतः मूरा का वह पुत्र ही युवराज बनने का अधिकारी था।'

'फिर वह क्यों नहीं बनाया गया। ऐसी कौन-सी बाधा थी जो उसे युवराज बनने से रोक रही थी। भारतीय संस्कृति का न्याय सही है कि राजा का ज्येष्ठ पुत्र ही युवराज बन सकेगा। यदि वह इस पद की योग्यता रखता हो।'

'लेकिन वह तो उत्पन्न हुआ ही था। एक दिन की आयु के शिशु की योग्यता कैसे देखी जा सकती है।'

'यह संभव नहीं है।'

'लेकिन यह धननंद के शासन में संभव हुआ है। उस एक दिन की आयु वाले शिशु की योग्यता कुछ विद्वान पंडितों ने सार्वजनिक कर दी थी।'

'वह योग्यता क्या थी।'

'वह एक शुद्रा मां की कोख़ से उत्पन्न एक अभागा शिशु था। जिसे राज्याभिषेक नहीं किया जा सकता था, फिर उसको युवराज घोषित करने का औचित्य ही क्या था।'

'निश्चय ही उस शूद्रा माता और शिशु के प्रति यह घोर अन्याय था, लेकिन अब वह शिशु कहां है?'

'यह घटना अब से लगभग बीस वर्ष पूर्व की है। अब तो वह बीस वर्ष का युवक हो जाना चाहिए था।'

'अब वह कहां और किस स्थिति में होगा?'

'क्या करोगे पूछकर? अपना प्रश्न वापस ले लीजिए, महाराज!'

'नहीं, मैं प्रश्न वापस नहीं लूंगा। आपको न्याय की रक्षा के लिए मेरे प्रश्न का उत्तर देना ही होगा।'

'यदि मैंने बता भी दिया तो उस युवक का अब करोगे क्या?'

'मैं यदि कुछ भी नहीं कर सका तो उसे नन्दवंश का एक वंशज बनाकर इतिहास में तो उसे अंकित कर ही दूंगा।'

'यही तो दुःख है कि आप ऐसा कर नहीं सकेंगे, क्योंकि वह इतिहास की सीमाओं का अतिक्रमण कर चुका है। अब वह इस संसार में नहीं है। वह अभागा एक दिन की आयु लेकर ही इस संसार में आया था। इस नीच धननंद ने उसी दिन उसकी हत्या कर दी थी और उसकी वह शूद्रा मां विलाप में तड़पती ही रह गई थी।'

'उस शिशु की हत्या में किस-किस का हाथ रहा है?'

'उसकी बड़ी रानी सुनन्दा का ही यह षड्यन्त्र था। वह उस समय गर्भवती थी, लेकिन छोटी रानी मूरा पुत्रवती हो चुकी थी। अपने पुत्र को युवराज बनाने के लिए सुनन्दा ने पंडितों को धनादि देकर अपने पक्ष में कर लिया था और महाराज के मन में यह शंका रोप दी थी कि मूरा एक सुंदर शुद्र कन्या है और चंचल स्वभाव की भी है। अतः यह आवश्यक नहीं है कि उससे उत्पन्न पुत्र तुम्हारा ही रक्त हो।

'अब इस कहानी का अन्त कर दो मान्यवर! अब मेरा मन उद्विग्न हो चुका है। अतः अब मन की शांति के लिए मुझे एकांत चाहिए।'

'ठीक है महाराज! आपका बिस्तर लगा दिया गया है। अब आप निद्रामग्न हो सकते हैं।'

चाणक्य बिस्तर पर लेट तो गया था, लेकिन नींद अभी कोसों दूर तक भी नहीं थी। उस गृहस्वामी की बातों ने उसके मन को बुरी तरह से उलझा दिया था। इस उलझन में उसे जहां मन की एक कंदरा खुलती हुई दिखाई दे रही थी वहां एक

खुली हुई कंदरा बंद होती प्रतीत होने लगी थी। धननंद की छोटी रानी की अपने मृतक पुत्र के प्रति आज तक भी संवेदनशीलता बनी रहना एक ऐसा छिद्र था, जिसके माध्यम से वह राजघराने तक अपना हस्तक्षेप सुनिश्चित कर सकता था, लेकिन उसके मृतक पुत्र और चन्द्रगुप्त का समान आयुवर्ग का होना उस गृहस्वामी की बात का एक ऐसा जटिल पेंच था, जो बनती संभावनाओं को भी समाप्त कर सकता था।

चाणक्य इस उलझन से बाहर निकलने के लिए स्वयं से प्रश्न करने लगे, 'चन्द्रगुप्त की आयु बीस वर्ष है और बीस वर्ष पूर्व ही पाटलिपुत्र के राजघराने में वह घटना घटी थी, जिसमें धननंद की शूद्रा पत्नी के नवजात शिशु की हत्या कर दी गई थी। लेकिन इस हत्या की प्रक्रिया क्या थी? उस शिशु को किसी सक्षम अधिकारी ने सबके समक्ष ही मार डाला था, या किसी हत्यारे को यह कहकर उस शिशु को सौंप दिया गया था कि कहीं निर्जन स्थान में इसकी हत्या करके इसे वहीं मिट्टी में दबा देना।

यदि सार्वजनिक रूप से उसकी हत्या की गई हो तो फिर चन्द्रगुप्त और मूरा के पुत्र की समानता को कोई प्रश्न ही नहीं उठता। यदि हत्या के लिए उस शिशु को किसी हत्यारे को सौंप दिया गया हो और वह उसे लेकर जंगल में चला गया हो तो यह संभव है कि उस शिशु की शिशु-सुलभ भाव-भंगिमाओं से उस हत्यारे के मन में उस शिशु के प्रति करुणा उमड़ आई हो और उसने उस शिशु को ऐसे स्थान पर रख दिया हो जहां चरवाहों की दृष्टि उस पर पड़ने की संभावना सबसे अधिक हो।

'हो न हो, यह चन्द्रगुप्त वही शिशु हो, क्योंकि चन्द्रगुप्त की हर गतिविधि सामान्य बालकों से अलग है। उसके चेहरे पर किसी उच्च राजघराने की झलक स्पष्ट देखी जा सकती है। मैंने तो प्रथम दृष्टि में यह अनुमान लगा ही लिया था कि यह कोई उच्च राजवंश का वंशज है और यह रक्षा-कवच?...'

'लेकिन क्या यह मेरे लिए एक प्रसन्नता का विषय है कि इस सत्य के माध्यम से मैं मूरा से संबंध साध सकूंगा? प्रथम दृष्टया यह मेरे लिए प्रसन्नता का विषय है और मेरी योजना का एक महत्त्वपूर्ण अंग बन सकता है, लेकिन मेरे लिए यह एक दुःखद दुर्घटना लिए खड़ा है। यदि यह संभावना सत्य है कि चन्द्रगुप्त नन्द वंश का

वंशज है तो यह मेरे संकल्प से प्रभावित हो सकता हूं। मेरा संकल्प है–नन्द वंश का पूर्ण विनाश।'

रात-भर चाणक्य इसी उधेड़-बुन में लगे रहे, लेकिन प्रातःकाल तक भी उनका चिंतन किसी सशक्त मंच पर प्रतिष्ठापित नहीं हो पाया था। गृहस्वामी भी उठ चुका था और अपनी साधना की तैयारी कर रहा था। उसकी साधना के प्रारूप को देखकर चाणक्य को यह समझते देर न लगी कि यह बौद्ध अनुयायी है। उन्होंने तुरंत गृहस्वामी के समक्ष एक प्रश्न परोस दिया, 'मान्यवर! आपने मुझसे अपनी आस्थाएं गुप्त क्यों रखीं? क्या मैं आपके लिए किसी दुर्घटना का कारण बन सकता था?'

'महाराज! आप मेरे लिए अपरिचित थे। नंद के गुप्तचर भी हो सकते थे।'

'मैं आपकी समस्या समझ सकता हूं, लेकिन आप उस महान महात्मा के अनुयायी हैं जो न कभी राजदंड से भयभीत हुआ और न उस ब्राह्मणवाद से, जिसने वैदिक परंपराओं को पतन के मार्ग पर चलने के लिए बाध्य किया है। फिर आप राजदंड के भय से उनके प्रेम, करुणा और कर्मकांड रहित सत्य को पाखंडों के अंधकार में भटकती जनता के मध्य प्रचारित क्यों नहीं कर रहे हो?'

'यदि आप मेरे स्थान पर होते तो क्या ऐसा साहस कर सकते थे।'

'यदि मैं आपके स्थान पर होता तो मेरे लिए यह कार्य बहुत सरल था, लेकिन मैं जिस स्थान पर हूं वहां यह कार्य करना अत्यंत असहज है। मैं एक वैदिक ब्राह्मण हूं, लेकिन ब्राह्मणवाद द्वारा प्रदूषित वैदिक परंपराओं से खिन्न हूं और मैं अनेक बार अपनी इस इच्छा को भी प्रकाशन कर चुका हूं कि यदि विकृत वैदिक परंपराओं, मिथ्या पाखंडों पर रोक नहीं लग पाती है तो मैं भी बौद्ध धर्म ग्रहण कर सकता हूं। लेकिन मेरा यहां आने का उद्देश्य आस्थाओं पर प्रहार-प्रतिप्रहार करना नहीं है। मेरा उद्देश्य आपके समक्ष अभी कुछ अस्पष्ट है। आपके सामने शीघ्र ही वह स्पष्ट हो जाएगा, लेकिन क्या आप मुझे वह मंदिर बता सकते हैं, जहां पूजा-पाठ करने राजघराने के सेवक आते-जाते रहते हैं।

'यदि आप बौद्ध धर्म के प्रति आस्थावान हैं तो मैं आपको वह मंदिर बता सकूंगा। राजभवन के निकट स्थित राजचौक पर एक भव्य शिव मंदिर है। वहां

दरबारियों के सेवक, सेविकाएं और धननंद की रानियों की दासियां पूजा-पाठ के लिए प्रायः आती-जाती रहती हैं।'

'वहां के पुरोहितों, पुजारियों का सामाजिक स्तर क्या है?'

'उनका शासन में हस्तक्षेप है। कुछ इतने प्रभावशाली हैं कि उनका सम्पर्क अंतःमहलों तक है।'

'ठीक है मान्यवर! आपने मुझे एक रात के लिए आश्रय दिया, इसके लिए मैं आपके प्रति आभार व्यक्त करता हूं। मैं अभी अपने उद्देश्य की प्राप्ति तक पाटलिपुत्र में ही रहूंगा। आपके दर्शन करने फिर भी आ सकता हूं।'

'मैं स्वागत के लिए तत्पर रहूंगा।'

## 5

चाणक्य के कदम शिव मंदिर की ओर बढ़ रहे थे और साथ ही साथ उनका चिंतन भी उसी गति से बढ़ता जा रहा था। वह प्रसन्न था कि उसे वह छिद्र मिल चुका है जिससे होकर वह अपने लक्ष्य पर पहुंच जाएगा। उसका चिंतन अब मूरा पर केन्द्रित हो गया, 'मूरा मेरी विजय की नायिका और धननंद के विनाश की खलनायिका अवश्य बन कर रहेगी। वह कैसी प्रवृत्ति की है, इसकी मुझे कोई चिंता नहीं है, क्योंकि मैं नारी का मनोविज्ञान भली-भांति जानता हूं। अपने पुत्र की सुख-समृद्धि के लिए एक नारी बड़ी से बड़ी त्रासदी झेलने की स्थिति में रहती है। जब मैं उसे यह विश्वास दिला सकूंगा कि उसका पुत्र जीवित है। और मैं उसे मगध का सम्राट बना सकता हूं तो वह मेरे संकेतों पर नाच उठेगी। बस, आगे मेरी धुन है नर्तकी की खोज तो पूरी हो चुकी है, लेकिन उस तक कैसे पहुंचा जाए? यह कोई कठिन काम नहीं होना चाहिए, क्योंकि शिव मंदिर में उसकी कोई-न-कोई दासी तो अवश्य ही पूजा के लिए आती होगी, लेकिन मुझे यह कैसे पता चलेगा कि मूरा की दासी कौन-सी है? सभी परिस्थितियां मेरे साथ चल रही हैं, अतः इस प्रश्न को परिस्थितियों के अधीन कर देना चाहिए।'

अचानक शिव मंदिर से उठती हुई घंटों की ध्वनि ने चाणक्य की चिंतन शृंखला खंडित कर दी। उसने देखा, यह तो वही मंदिर है जिसमें उसने कल कुछ पलों के लिए विश्राम किया था, 'अब पलों की बात नहीं, दिन-महीनों की बात हो जानी चाहिए। इस अवधारणा के साथ चाणक्य ने शिव मंदिर में प्रवेश किया।

मंदिर के विशाल आंगन में विभिन्न वर्गों के पुष्प-पौधों की छटा से मंदिर की भव्यता में चार चांद लगे हुए थे। मुख्य भवन पर स्थापित स्वर्ण-कलश गगन को चूमते हुए दिखाई दे रहे थे। उन्होंने देखा कि सामने मुख्य पुजारी का आवास है और उससे सटे हुए कक्ष में भगवे परिधान धारण किए कोई पुजारिन भी बैठी हुई दिखाई दे

रही है। चाणक्य ने आगे बढ़कर मुख्य पुजारी को प्रणाम किया। प्रणाम के उत्तर में पुजारी ने नम्र स्वर से कहा, 'आपका स्वागत है महतमन्!'

'धन्यवाद पुरोहित जी! मैं तक्षशिला से आया हूं। भट्ट ब्राह्मण हूं। नंद वंश का इतिहास लिखने के लिए मैं आपके नगर में आया हूं। कुछ दिन तक आपके इस शिव मंदिर में यदि आश्रय मिल जाए तो मुझे काम करने में सुविधा मिल जाएगी।'

'इसके लिए तो राज अतिथिगृह ठीक रहेगा। मैं आपकी व्यवस्था वहीं कराए देता हूं।'

'नहीं पुरोहित जी! वहां रहकर मैं तटस्थ मन से काम नहीं कर सकूंगा।'

'ठीक है, मैं विचार करूंगा। तब तक आप अस्थाई रूप से यहां रह सकेंगे। यह कोने वाला कक्ष मैं आपके लिए खुलवा देता हूं।'

'इसके लिए आपका आभार व्यक्त करता हूं।'

'लेकिन ध्यान रहे, आप तक्षशिला से आए हैं। वहां म्लेच्छों का प्रभुत्व बढ़ता जा रहा है। उनकी दृष्टि अब मगध पर टिकी हुई है। यदि आप म्लेच्छों के गुप्तचर निकले तो आपको दंडाधिकारी को सौंपने में हम तनिक भी विलम्ब नहीं करेंगे।'

'मैं वैदिक पंडित हूं। यह अलग बात है कि मैं वैदिक मिथ्या कर्मकांडों का समर्थक नहीं हूं, लेकिन क्या मैं यवनों की संस्कृति से वैदिक संस्कृति को रुंदते हुए देख सकेंगा? यदि अब भी आपका अविश्वास मुझ पर बना हुआ है तो मैं अन्यत्र कहीं अपनी व्यवस्था कर लूंगा।'

'आप जहां भी रहेंगे, हमारे गुप्तचरों के संदेह के घेर में रहेंगे। मेरा उद्देश्य आपको सावधान करना था।'

'मैं आपके उद्देश्य को समझ सकता हूं।'

चाणक्य अपने कक्ष में चले गए और इस भव्य मंदिर में कोई दरार खोजने लगा। उन्होंने महसूस किया कि यहां सात पुजारियों का परिवार रहता है। वरिष्ठता क्रम से उन्हें उनके कार्य सौंपे गए हैं। सबसे वरिष्ठतम पुजारी को राजपुरोहित का पद प्राप्त है और उसका शासन में भी हस्तक्षेप है, लेकिन उसकी आयु कुछ पुजारियों से कम प्रतीत होती है। अतः यह आवश्यक है कि आयु की दृष्टि से बड़े पुजारी उससे ईर्ष्या रखते हों। 'बस, यही एक दरार है जिसे और चौड़ी करने पर इसमें प्रवेश किया जा सकता है।' चाणक्य ने यह वाक्य मन में दोहराया और बिस्तर पर लेट गए।

चन्द्रगुप्त अपने गुरु चाणक्य के साथ मगध के युद्ध पर विचार करता

# 6

शंख और घंटों की ध्वनि तरंगों ने प्रातःकाल के आगमन की घोषणा कर डाली। सभी पुजारी मंदिर के आंगन में विचरते देखे जाने लगे। चाणक्य भी उठकर अपने कक्ष के बाहर ही भ्रमण करने लगे। तभी उन्हें पुरोहित का आक्रोशित स्वर सुनाई दिया। वे अपने समक्ष खड़े किसी रविदत्त नामक पुजारी को डांट रहे थे, 'रविदत्त! तुम्हें मैंने अनेकों बार सावधान किया है कि श्रद्धालुओं के आने से पूर्व ही मुख्य पूजा स्थल की सफाई कर दिया करो, लेकिन आप उठते ही बहुत विलम्ब से हैं। मैंने आपकी आयु का ध्यान न किया होता तो तुम्हें कभी का मंदिर से बाहर कर दिया गया होता।'

'आपने कौन-सी करुणा की हुई है मुझ पर? मुझे तो आपने बीस वर्ष पूर्व से ही इस मंदिर से बाहर किया हुआ है।' रविदत्त ने भी उसी आवेश से अपनी प्रतिक्रिया कर डाली।

'मैं शासन के निर्णय को कैसे उलट सकता था। आप बार-बार मुझ पर यह आरोप लगाते आ रहे हैं। न इसका तब कोई अर्थ था और न अब है।'

'अब नहीं है, यह मैं मान सकता हूं गंगा प्रसाद! लेकिन तब था। मेरा राजपुरोहित बनना लगभग निश्चित था, लेकिन आपने रानी सुनन्दा से धननंद पर दबाव डलवाकर मेरे पक्ष का निर्णय अपने पक्ष में कर लिया और आपने रानी सुनन्दा की इस करुणा का बदला तुरंत दे डाला। बेचारी मूरा के पुत्र के विरुद्ध तर्क आपने ही तो महाराज के समक्ष रखे थे। ध्यान रहे गंगा प्रसाद! यदि आपने पाप और अन्याय का आंचल न थामा होता तो आज मगध का युवराज मूरा का पुत्र होता सुनन्दा का नहीं। अपने उस अहिंसक निर्णय से आपने महापाप किया है, लेकिन दुःख है कि अभी तक इसका फल आपको नहीं मिल सका है। गंगा प्रसाद! ध्यान रहे, फल अवश्य मिलेगा। संभवतः पाप का घड़ा अभी कुछ खाली है। वह अवश्य भरेगा और शीघ्र ही भरेगा।'

एक सीमित अवधि के बाद श्रद्धालुओं की भीड़ छंट चुकी थी। इक्का-दुक्का श्रद्धालु ही अब आ जा रहे थे। चाणक्य भी साधना से उठकर अपने कक्ष में विश्राम कर रहे थे तभी वहां अचानक रविदत्त ने प्रवेश किया। उसे अपने कक्ष में देखते ही चाणक्य अपने को सचेत करते हुए बैठ गए। तुरंत रविदत्त ने प्रसाद का थाल उनकी ओर बढ़ाते हुए कहा, 'भद्रे! प्रसाद ग्रहण कीजिए और सेवक को यह बताने का कष्ट कीजिए कि भोजन किस समय ग्रहण करेंगे?'

'धन्यवाद पुरोहित जी! मैं प्रसाद ले लेता हूं। भोजन के लिए आप कष्ट न करें।' चाणक्य ने पुजारी को एक रहस्यमय दृष्टि से देखते हुए कहा।

'आपका भोजन मंदिर प्रशासन की ओर से है। आपको संकोच नहीं करना चाहिए।'

'ठीक है, मैं केवल एक बार ही मध्याह्न में भोजन करता हूं। वैसे भोजन से महत्त्वपूर्ण मेरे लिए आप हैं। मेरे विचार से आप यहां के सबसे वरिष्ठ पुरोहित हैं। इस नाते आपने अपनी आंखों से यहां अनेकों महत्त्वपूर्ण घटनाएं घटती देखी होंगी। मैं उनमें से कुछ घटनाओं की वास्तविकता आपके मुख से सुनना चाहता हूं मूलरूप से मैं एक इतिहास लेखक हूं। मैंने कुछ वंशों के इतिहास को संशोधित भी किया है। मैं नंद वंश के इतिहास को भी संशोधित करना चाहता हूं। राज्याश्रित भट्ट विद्वानों के इतिहास में सम्राट धननंद की छोटी पत्नी मूरा को निःसंतान लिखा है, लेकिन जनश्रुति के आधार पर यदि निष्पक्ष रूप से निर्णय लें तो मुरा ने एक पुत्र को जन्म दिया था। संभवतः आप इस घटना के समय मगध में ही विद्यमान रहे होंगे। आपका इस संबंध में क्या कहना है? मूरा ने पुत्र को जन्म दिया या नहीं। यदि जन्म दिया तो उसका जन्मकाल, उसका नाम और वर्तमान काल में उसकी स्थिति क्या है? मैं एक निष्पक्ष इतिहास के लिए आपसे इन प्रश्नों के उत्तर चाहता हूं।'

'आपका यह अनुमान सही है कि मैं उस समय मगध में ही विद्यमान था, लेकिन मेरी पहुंच महारानियों के अंतःमहलों तक नहीं थी। मेरे पास भी वही अनिश्चय से पूर्ण जनश्रुति है। इतना अवश्य हुआ था कि मूरा का पुत्र मारा गया था। फिर भी मैं आपका अंतःमहलों तक पहुंचने का मार्ग बता सकता हूं। यहीं आपके कक्ष से तीसरे क्रम के कक्ष में एक श्रेया नाम की साध्वी रहती है। वह उस घटना के समय मूरा की दासी थी, लेकिन अन्तःपुर की किसी घटना से आहत होकर उसने वैराग्य धारण कर

लिया था। तब से वह इसी मंदिर में एक साध्वी के रूप में निवास कर रही है। वह बोलने में बहुत मितभाषी है, फिर भी यदि आप उसे अपने विश्वास में ले सकें, तो आपको अंतःपुर के कुछ रहस्यों का पता लग सकता है।'

'आप इस पुण्य कार्य में मेरी क्या सहायता कर सकते हैं?'

'वह अपरिचितों के वार्तालाप से बचना चाहती है और बातें करने में अति सतर्कता बरतती है। मैं उसे कह सकता हूं कि यह नवागन्तुक मेरा परिचित है।'

'धन्यवाद! सत्य के लिए मैं आपके इस योगदान को कभी नहीं भूलूंगा।'

'यदि आपका उद्देश्य सत्य घटनाओं पर आधारित इतिहास की खोज है तो मैं आगे भी आपकी सहायता करता रहूंगा। लेकिन आप सत्य लिखेंगे, यह वचन आप मुझे दे सकते हैं।'

'हां, यदि आप चाहें मैं इस मंदिर के पावन परिसर में खड़ा होकर यह वचन दे सकता हूं कि मगध के वास्तविक स्वरूप को अपने इतिहास का विषय बनाऊंगा, लेकिन सत्य क्या है मुझे आप बताओ।'

'पहले आप बताओ, आपने यहां क्या-क्या देखा है?'

'मैंने देखा है कि महाराज धननंद एक ऊंचे चरित्र का पराक्रमी सम्राट है। वह अपने मंत्रियों से मंत्रणा अवश्य करता है, लेकिन करता वही है जो उसे जनता के हित में दिखाई देता है। धननंद के पास एक अजेय सैन्यबल है, जो किसी भी बाह्य आक्रांता का आसानी से सामना कर सकता है। वह अपने दायित्वों के प्रति सतर्क है और वंचितों को दान देने में वह पीछे नहीं हटता है। उसके शासनकाल में जनता सुखी और समृद्धशाली जीवन व्यतीत कर रही है।

'क्या आपने यह लिख दिया है?'

'हां, मैंने यह लिख दिया है।'

'इसे निरस्त कर दीजिए और वह लिखिए जो मैं कह रहा हूं। राजा धननंद अपने जीवन के सर्वाधिक पतितकाल में चल रहा है। सुरा-सुंदरी से अलग उसे कुछ भी अच्छा नहीं लगता है। सत्य-असत्य का निर्णय करना उसकी सामर्थ्य से बाहर हो चुका है। या तो अंतःपुर में नवयौवनाओं के साथ रंगरलियों में व्यस्त रहा है या फिर अपने चाटुकारों से घिरा रहता है।'

'मगध की सेना एक अपराजेय सेना है, यह सत्य है लेकिन इसका श्रेय धननंद

को नहीं मिलना चाहिए। पराक्रमी धननंद नहीं है, बल्कि उसका सेनापति भागुरायण है। वह मगध के प्रति तो निष्ठावान है, किंतु धननंद के प्रति निष्ठावान नहीं है। वह एक शक्तिशाली सेनापति है और जब तक वह इस पद पर है तब तक कोई बाह्य आक्रांता मगध की ओर आंख उठाकर भी नहीं देख सकता। वह न्यायप्रिय है। उसके चरित्र पर एक भी छिद्र नहीं है। शत्रुओं के प्रति चट्टान से भी कठोर, लेकिन मगधवासियों के प्रति अति विनम्र है। वह धननंद का अंधभक्त नहीं है।

दूसरी ओर धननंद का अमात्य राक्षस धननंद का अंधभक्त है। उसकी आस्थाएं मगध के प्रति इतनी नहीं हैं जितनी नंदवंश के प्रति हैं। धननंद के विलासी जीवन से उसे कोई आपत्ति नहीं है। उसके अनैतिक निर्णयों से उसे कोई कष्ट नहीं होता, बल्कि उनका क्रियान्वयन वह निष्ठा से करता है। अपने कार्य में कुशल है, और शासन के समस्त विभागों में उसका भय व्याप्त है। धननंद ने अपनी समस्त शक्ति उसे ही दी हुई है।

मगध की एक तीसरी शक्ति धर्मकेतु नाम का एक विद्वान है, जो सुरक्षा सलाहकार के पद पर आसीन है। कोमल हृदय का स्वामी है, न्यायप्रिय है और धननंद के विलासी जीवन से दुःखी है। धननंद, भागुरायण, राक्षस और अन्य अधिकारियों में समन्वय स्थापित करने में सिद्धहस्त है। यह मगध की आन्तरिक स्थिति है, जिसका मैंने वास्तविक वर्णन किया है। अब मैं यहां से जाना चाहूंगा, क्योंकि हमारी यह गतिविधि गुप्तचरों के घेरे में आ सकती है।'

'आपने सुना होगा रविदत्त, कि सांच को आंच नहीं, फिर गुप्तचर मेरा कर क्या लेंगे? जब मैं भयभीत नहीं फिर आप भयभीत क्यों होते हैं? वैसे भी अभी तक आपने आंशिक जानकारी ही दी है। अभी कितने ही चरित्र ऐसे हैं जिनकी जानकारी आप मुझे दे सकते हैं, जैसे पुरोहित गंगा प्रसाद, मूरा देवी, सुनन्दा देवी और सुनन्दा का पुत्र युवराज। यदि आप गुप्तचरों से भयभीत हैं तो कम-से-कम गंगा प्रसाद के चरित्र का लेखा-जोखा तो मेरे समक्ष रख सकते हैं।'

'गंगा प्रसाद एक धूर्त व्यक्ति है, पापी है, अतः पाप करने से डरता नहीं है। अपनी स्वार्थ-सिद्धि के लिए किसी भी सीमा तक जा सकता है। बड़ी रानी की अनुकम्पा इस पर बनी ही रहती है। महारानी सुनन्दा ने उससे मिलकर ही मूरा के पुत्र का वध करवा दिया था। इसके सुझावों को धननंद आंख बंद करके मान

मगध का सुरक्षा सलाहकार धर्मकेतु और सेनापति भागुरायण

लेता है। प्रधान पुरोहित का पद भी इसने अपनी चाटुकारिता के बल पर प्राप्त किया था।'

'रविदत्त जी! एक अंतिम प्रश्न-मगध की सुरक्षा और समृद्धि के लिए इनमें से मैं किसे नायक का स्थान दूं और किसे खलनायक का?'

'मैंने जो आपको सत्य का दर्शन कराया है उसके अनुसार मगध की सुरक्षा के लिए सेनापति भागुरायण को नायक का सम्मान दिया जा सकता है। मगध में न्याय का शासन स्थापित हो, इसके लिए सेनापति भागुरायण का महत्त्व किसी से छिपा हुआ नहीं है। मगध की समृद्धि के लिए धर्मकेतु को उचित सम्मान मिलना चाहिए और मगध के इतिहास में छोटी रानी के पुत्रशोक को भी स्थान मिलना चाहिए।

वर्तमान में मगध का सबसे बड़ा खलनायक धननंद है। उसके चरित्र के स्याह धब्बों को इतिहास में स्थान मिलना चाहिए। महारानी सुनन्दा जिसके अंध प्यार में खोकर धननंद ने छोटी रानी मूरा पर अत्याचार किए हैं, इस सम्पूर्ण घटनाक्रम की खलनायिका सिद्ध हुई है। प्रधान पुरोहित गंगा प्रसाद जिसके सीधे संबंध महारानी सुनन्दा से हैं और जिसके दुरुपयोग से वह इस पावन मंदिर में बैठकर विलासी क्रियाओं में भी लिप्त रहता है, दूसरा सबसे बड़ा खलनायक है।'

'ठीक है रविदत्त जी! आपकी इन महत्त्वपूर्ण जानकारियों के आधार पर मैं नंद वंश के इतिहास का पुनर्लेखन कर सकूंगा, ऐसा मैं आपको आश्वासन दे सकता हूं।'

'तो अब मुझे अनुमति चाहिए।'

'आपका कल्याण हो।'

रविदत्त के सत्यदर्शन ने चाणक्य के काम को आसान कर दिया। अब उसके लिए वह संकरी-सी दरार एक ऐसा मुख्यद्वार बन चुकी थी जिसमें प्रवेश करके वह मगध शासन की आधारशिला हिला सकता था। उसने शीघ्र ही अपने उद्देश्य के लिए उन नायकों का चयन कर लिया जिसकी सहायता से वह इतने शक्तिशाली साम्राज्य को उखाड़ फेंकेगा। इस कार्य के लिए उसकी प्राथमिकताओं में मूरा से सम्पर्क साधना प्रथम क्रम में था और उसके लिए उसने साध्वी श्रेया को अपने विश्वास में लेना सर्वाधिक सुरक्षित समझा। 'कैसे श्रेया के प्रति मैं अपनी संवेदनशीलता दिखाऊं कि वह मुझमें अपनत्व खोजने लगे' अब चाणक्य ने इस

योजना को आकार देना शुरू कर दिया था। दिन-भर की उत्तेजनाओं से थका-मांदा सूरज क्षितिज के उस पार अपना विश्राम-स्थल खोजने में लग चुका था और इसके साथ ही एक सांवली-सी सुंदरी संध्या अपना शृंगार सजाने में व्यस्त हो चुकी थी। चाणक्य का चित्र भी विचारों की उलझनों से त्रस्त-सा होकर कुछ क्षण विश्राम के चुराना चाह रहा था, तभी उसके कानों में किसी नारी-स्वर की कोमल तरंगों ने मधु-सा टपका दिया। वे तुरंत खड़े हुए और उसी दिशा में चल पड़े।

उसने देखा साध्वी श्रेया आंखें बंद करके ईश-भजन में मग्न हो चुकी थी। उसकी स्वर लहरियों से अभिभूत होकर वह श्रेया के समक्ष ही बैठ गया। उसके भजन के शब्द उसकी संवेदनाओं में भक्ति-रस का प्रवाह बनाने में सफल हो चुके थे, लेकिन इस भक्ति रस में भी वे अपनी कूटनीति को छोड़ नहीं पा रहे थे। उन्होंने प्रार्थना के शब्दों से साध्वी के मन में प्रवेश करना शुरू कर दिया।

जैसे ही भजन समाप्त करके श्रेया ने अपनी आंखें खोली तो वह चाणक्य को अपने समक्ष बैठा देखकर अचानक चौंक पड़ी। कहीं वह कोई अप्रिय प्रतिक्रिया न दे डाले। इस शंका को देखते हुए तुरंत चाणक्य ने उसके प्रति अपनी सहानुभूति दिखाते हुए कहना शुरू कर दिया, 'आप बहुत अच्छा गाती हैं। आपकी मधुर वाणी का सुरीलापन, स्वरों का सरगम के साथ आरोह-अवरोह की संगति देखते ही बनती है। लगता है आपके ऊपर मां सरस्वती की अपार करुणा है।'

'मैं अपने संबंध में एक अपरिचित से ऐसा कुछ भी सुनना नहीं चाहती।'

'हे पूज्य साध्वी! क्या मैं इतनी ही घृणा का पात्र हूं। मैं कुरूप हूं, इसे मैं स्वीकार करता हूं, लेकिन आपके भजन की वह पंक्ति कि 'मुझको तन की सुंदरता से क्या है लेना, मन की सुंदरता ही तो तन का है गहना 'मेरे लिए सार्थक नहीं है।' चाणक्य ने गंभीरता प्रदर्शित करते हुए कहा।

'नहीं, क्योंकि आपका मन सुंदर नहीं, तो फिर मैं आपको सुंदर क्यों मानूं?'

'क्या आपने मेरा मन देख लिया है?'

'बीस वर्ष से अपने मन को अनुशासित कर रही हूं। क्या मेरा अनुशासित मन आपके मन को देख नहीं सकता? मैंने आपके मन को उसी क्षण देख लिया था जब आपका प्रथम पग इस मंदिर के पावन धरातल पर पड़ा था।'

'कैसा है मेरा मन?'

‘जिस मन को आप जानते हैं, मैं जानती हूं, फिर यहां तीसरा कौन है जिसके लिए मैं उस मन में छिपे हुए रहस्यों को खोलूं? मन की सच्चाई जानकर डर गए न? क्या मैं अब भी अच्छा गाती हूं? क्या अब भी मेरी वाणी सुरीली है?’

‘क्या आप इस भजन में ईश्वर से जो मांग रही हैं, वह आपको मिल जाएगा?’

‘वह भले ही न मिले, लेकिन मेरे मन को संतुष्टि तो मिलेगी। मैं स्वांतः सुखाए के लिए ऐसा कर रही हूं।’

‘अपने सुख के लिए नहीं, जग के सुख के लिए करो। जैसा कि आप भजन के माध्यम से प्रदर्शित करना चाह रही हैं। जग के लिए भी नहीं तो कम-से-कम उस रानी मूरा की सांत्वना के लिए तो करो।’

‘क्या हुआ है रानी मूरा को?’

“हुआ नहीं, हुआ था। जिस बात को आप जानती हैं और मैं जानता हूं, फिर यहां ऐसा तीसरा कौन है जो उस घटना से अनभिज्ञ हो?’

“उस मर्माहत घटना को मैं भूलना चाहती हूं।’

‘फिर क्यों नहीं भूल पा रही हो? क्यों उस असहाय पीड़ा को इस गीत के माध्यम से सहनीय घटना बना रही हो? जब उस घटना के दर्शक की भांति आपकी यह दशा है, तो जिसने उस घटना की पीड़ा झेली है, उसकी क्या अंतःदशा होगी? अनुमान लगा सकती हो?’

“मैं अनुमान लगाते-लगाते थक गई हूं। अब मैं इस व्यथा से मुक्त होना चाहती हूं और गहन अध्यात्म में प्रवेश करना चाहती हूं।’

‘उस अध्यात्म में जो इस दुनिया को झुठलाता आ रहा है? जो मूरा के बच्चे की हत्या को भी झुठला देगा, लेकिन क्या वह मूरा को वह ज्ञान दे सकेगा जिसको आत्मसात करके वह उस दुःख से मुक्त हो जाएगी, जिसके आघात से वह पल-पल मर रही है? आप आसानी से अध्यात्म में प्रवेश कर जाओगी, क्योंकि वह आपका पुत्र नहीं था। श्रेया! आप योग की ओर बढ़ रही हैं। आप मेरे मन का अध्ययन करने में सफल रही हैं, लेकिन मूरा के मन का अध्ययन करने में क्यों विफल रही है। दुःखी मन को सुख देना, अशांत मन को शांति देना और असहाय का संबल बनना, इससे बड़ी न कोई भक्ति है, न कोई साधना है और न कोई अध्यात्म है। चल सकोगी इस दिव्य पथ पर?’

'मैं कभी मूरा की दासी थी। दासी कितनी बलशाली हो सकती है? उसके पास कितना अधिकार होता है? यह शायद आपसे छिपी हुई बात नहीं है। आप यदि ऐसी दासी से यह आस लगाए बैठे हैं कि वह किसी असहाय रानी का संबल बनने की शक्ति रखती है, तो आप गहन निद्रा में स्वप्न देख रहे हैं।'

'मैं वही स्वप्न देखता हूं जिसे पूरा करने की मुझमें शक्ति हो। यदि आप इसे मेरा स्वप्न मानती हैं तो यह एक दिन पूरा होगा। आपकी शक्ति मैं बनूंगा और आप क्या उस शक्ति से मुरा के जीवन में सुख और शांति लौटा सकोगी?'

'पुत्र-शोक में घुलती जा रही किसी मां के लिए आपके पास वह कौन-सा सूत्र है जिससे मूरा के शोक को मुस्कराहट में बदला जा सकता है?'

'क्या आप चाहती हैं कि ऐसा कोई चमत्कार हो जाए?'

'मैं उसकी दासी रही हूं। उसके दुःख को निकटता से देखा है। फिर मैं ऐसा क्यों नही चाहूंगी?'

'मेरे अभी कुछ प्रश्न बिना उत्तर के हैं। जब तक उनका उत्तर नहीं मिल जाता तब तक वह सूत्र अधूरा है।'

'क्या मैं उन प्रश्नों के उत्तर देने के लिए उपयुक्त पात्र हूं?'

'केवल आप ही सही पात्र हैं।'

'तो प्रश्न प्रस्तुत कीजिए।'

'क्या मूरा के बच्चे की हत्या आपके सामने हुई थी?'

'मूरा के पुत्र की हत्या किसी के भी सामने नहीं हुई थी। एक जल्लाद को बुलाकर उस नवजात शिशु को यह कहते हुए सौंप दिया था कि इसकी हत्या करके जंगल में कहीं दबा देना।'

'मेरा सूत्र अब पूर्ण है श्रेया, लेकिन इसका प्रकाशन मैं आपके समक्ष नहीं कर सकता। सर्वप्रथम यह प्रकाशन मूरा के समक्ष होगा। यदि वे चाहेंगी तो फिर आपके समक्ष।'

'यह तो संभव नहीं होगा।'

'इसमें असंभव कौन-सी बात है?'

'मूरा उस अंतःपुर में रहती है जहां एक पखेरू भी पंख नहीं फड़फड़ा सकता।'

'लेकिन वहां आप जा सकती हैं।'

'मेरा बीस वर्ष से उसका किसी भी रूप में संपर्क नहीं हो पाया है। वैसे भी अब

मैं उसकी सेवा में नहीं हूं। मेरा वहां जाने का अधिकार, उसी दिन समाप्त हो गया था, जिस दिन मैंने अंत:पुर की सेवा से अपने को मुक्त कर लिया था।'

'आपके अलावा भी कोई ऐसा माध्यम अवश्य होगा, जिसके माध्यम से आप मेरा संपर्क मूरा से करा सकती हैं।'

'माध्यम तो है, लेकिन फूंक-फूंक कर पग रखने होंगे। उसके इर्द-गिर्द गुप्तचर मंडराते रहते हैं।'

'वह मेरा काम है। आप उस माध्यम को बताइए।'

'उसकी दासी तुलसा है, जो हर प्रातः इसी मंदिर में पूजा-पाठ करने आती है, लेकिन उसके साथ एक सुरक्षा चक्र भी रहता है, अतः यहां उससे संपर्क करना लगभग असंभव होगा।'

'यदि आप साथ दे सकें तो असंभव भी संभव बन सकता है। यह तो गुप्तचरों को भी पता होगा कि आप अंत:पुर में काम कर चुकी हैं। अतः आप तुलसा के साथ बात कर सकती हैं और बातों के अंतर्गत केवल उसे इस बात के लिए सहमत करना है कि वह मेरा पत्र मूरा को दे दे। बस, आगे काम मेरा है।'

'यदि आपकी इस योजना में मूरा को थोड़ी भी सांत्वना मिल सकती है तो ऐसा करने का प्रयास करूंगी। आप वह पत्र मुझे दे देना।'

'एक अनुबंध के साथ कि न आप उस पत्र को पढ़ सकेंगी और न तुलसा।'

'इस संबंध में आपको मैं कैसे विश्वास दिला सकती हूं। यह तो विश्वास की बात है कि आप कहां तक मुझ पर विश्वास कर सकते हैं। लेकिन मेरे साथ धोखा नहीं होना चाहिए। अच्छा यही होता कि इस कार्य के लिए आप किसी अन्य व्यक्ति का सहयोग ले लेते। मेरे सहयोग का कुछ अर्थ होता है।'

'मैं उस अर्थ को सम्मान दूंगा।'

'यदि इस संबंध में आपसे कहीं कोई चूक हुई और उस चूक से मगध की सुरक्षा प्रभावित हुई तो इसका कारण मैं स्वयं को मानूंगी। उस क्षण उस अपराध से मुक्त होने के लिए मेरे पास एक ही विकल्प होगा– आत्मदाह।'

'बात केवल मेरे पत्र को मूरा तक पहुंचाने की है। यदि वहां से कुछ सकारात्मक संकेत मिलते हैं, तो आगे जो भी कुछ होगा आपकी अनुमति से होगा।'

'ठीक है, मैं विश्वास कर लेती हूं।'

# 7

श्रेया की मध्यस्थता में तुलसा दासी द्वारा चाणक्य का पत्र मूरा तक पहुंच चुका था। लेकिन अभी पत्र का उत्तर चाणक्य को प्राप्त नहीं हुआ था। दिन-प्रतिदिन उनकी उत्सुकता बढ़ती ही जा रही थी। आख़िर एक दिन प्रातः कालीन पूजा-अर्चना के बाद श्रेया ने मूरा का पत्र चाणक्य को सौंप दिया। पत्र को पढ़ते ही चाणक्य की प्रसन्नता का ठिकाना न रहा। उसने पत्र बार-बार पढ़ा। पत्र के अनुसार मूरा ने चाणक्य से मिलने की इच्छा व्यक्त की थी और मिलाने की व्यवस्था श्रेया और तुलसा को सौंप दी थी।

संध्याकालीन कीर्तन में प्रायः तुलसा दासी आया नहीं करती थी, परंतु एक संध्या बेला में भजन-कीर्तन का स्वर धीमा पड़ते ही अचानक चाणक्य के समक्ष तुलसा प्रकट हो गई। चाणक्य हड़बड़ाते हुए खड़ा हो गया और ऊहापोह की मुद्रा में तुलसा की ओर देखने लगा। तुलसा ने अभिवादन के बाद वार्ताक्रम शुरू कर दिया, 'ब्राह्मण श्रेष्ठ! अपनी मूल पहचान छिपाकर एक ज्योतिषाचार्य का वेश धारण कर लीजिए और मेरा अनुगमन करते चलिए। आज पूरी संभावना है कि मूरा आपसे भेंट कर सकेंगी।'

'मेरी सुरक्षा के प्रति आप आश्वस्त हैं।' चाणक्य ने अनिश्चयात्मक स्वर से कहा।

'मैं जो साथ रहूंगी।'

'कहां जाना होगा?'

'महारानी मूरा के अंतःपुर में।'

'वहां गुप्तचर तो नहीं होंगे?'

'होंगे, लेकिन मैं साथ हूं तो आप पर किसी का भी संदेह नहीं टिकेगा। आप

चाणक्य मूरा को चन्द्रगुप्त के भविष्य से अवगत कराते

सबको ज्योतिषाचार्य प्रतीत होंगे। फिर भी मैं आपको उस रास्ते से ले चलूंगी जहां अंधकार सब पहचान ढके रखता है।'

'आप निश्चय ही करुणा की प्रतिरूप हैं, तुलसा जी! आप उस महान कार्य का एक महत्त्वपूर्ण अंग बनने जा रही हैं, जो मगध में न्याय और शांति का नया उजाला लाएगा।'

'मैं ही नहीं, अंतःपुर की सभी सेविकाएं यही चाहती हैं कि मगध का अंधकार छटे और सभी को उनके उचित अधिकार प्राप्त हो सकें। ब्राह्मण श्रेष्ट आप यहीं यज्ञशाला पर रुक जाएं। मैं रानी मूरा को यहीं भेज रही हूं।'

रानी मूरा ने आने में कोई विलम्ब नहीं किया। उसने चाणक्य के निकट आते ही एक बार चाणक्य को ऊपर से नीचे तक देखा और अगले क्षण उसके होंठों में कंपन्न हो चला, 'प्रणाम मुनिश्रेष्ठ!'

'सुखी रहो माते! चाणक्य ने हाथ उठाकर तुरंत आशीर्वाद दे डाला।

'ऐसा आशीर्वाद दो मुनिश्रेष्ठ, जो फलीभूत हो सके।'

'चाणक्य का आशीर्वाद कभी निष्फल नहीं जाता माते!'

'क्या आपको मेरी त्रासदियों का ज्ञान नहीं है?'

'आपके साथ कोई ऐसी घटना नहीं घटी है, जिसे त्रासदी कहा जा सके। आपको भ्रम हुआ है कि आप किसी त्रासदी से गुज़र रही हैं।

'भ्रम मुझे नहीं आपको है मुनिश्रेष्ठ!'

'एक असत्य को पकड़ कर बैठना और उसके ऊपर अपना सम्पूर्ण जीवन बलि कर देना कोई आपसे सीखे।'

'आप कहना क्या चाहते हैं मुनिवर!'

'आपके साथ जो अन्याय हुआ था, उसे न्याय में बदलना मेरा ध्येय है। आपके पुत्र को युवराज घोषित करने आया हूं। शीघ्र ही उसके राज्याभिषेक की तैयारियां करनी पड़ेंगी आपको।'

'एक दुखिया से ऐसा कटु हास्य?'

'दुखिया नहीं हैं आप। इस वर्तमान काल में आप सर्वाधिक सौभाग्यशाली हैं माते! आपका पुत्र मगध का चक्रवर्ती राजा बनने जा रहा है। मैं अपने हाथों से उसका राज्याभिषेक करूंगा।'

'आपको शायद पता नहीं है मुनिवर कि पापी धननंद ने मेरे नवजात पुत्र की हत्या कर दी थी।'

'लेकिन हत्या हुई नहीं थी। उस हत्यारे के मन में करुणा जाग उठी थी, या यह कहिए कि प्रभु ने अपनी लीला दिखा दी थी और वह हत्यारा उस शिशु को उस स्थान पर छोड़कर जहां किसी भी पथिक की दृष्टि उस पर आसानी से पड़ सके, वापस लौट आया था। और वही हुआ। एक चरवाहे ने उसे वहां रोते हुए पाया और वह उसे उठाकर अपने घर ले गया।'

'मुनिवर! प्रतीत होता है कि आप एक काल्पनिक कहानी गढ़कर मुझे किसी अप्रिय षड्यंत्र का अंग बनाना चाह रहे हैं। मैं नंद वंश की रानी हूं। अपने कर्तव्यों के प्रति संवेदनशील हूं।'

'और अपने पुत्र के प्रति?'

''पुत्र जब है ही नहीं तो उसके संबंध में क्या सोचूं?'

'इस रक्षा सूत्र को पहचानती हो?' चाणक्य ने अपनी जेब से वह रक्षा सूत्र निकालकर मूरा की ओर बढ़ा दिया।

मूरा ने उसे अपने हाथ में लेते ही गहन दृष्टि से देखना शुरू कर दिया और कुछ पलों बाद विस्मय के साथ कह उठी, 'मुनिवर! यह सूत्र तो वही है जो राजपुरोहित ने मेरे नवजात पुत्र के गले में डाला था। लेकिन यह आपके पास कहां से आया?'

'मैंने यह रक्षा सूत्र उस चरवाहे से ले लिया था।'

'और मेरा पुत्र?'

'वह भी मैंने उससे ले लिया था।'

'लेकिन अब कहां है मेरा पुत्र?'

'मेरे पास-मेरे आश्रम में। उसे मैंने शस्त्र-शास्त्रों की सब विद्याएं सिखा दी हैं। क्या अब भी आप मेरे कथनों पर विश्वास नहीं करेंगी?'

'जब तक मैं उसे अपनी आंखों से न देख लूंगी तब तक इस कहानी को मैं एक ऐसी काल्पनिक कहानी मानती रहूंगी, जिसके आधार पर आप इस मगध राज्य के प्रति कोई गंदा खेल खेलना चाह रहे हैं।'

'यदि आपने अपने पुत्र के रूप में उसकी पहचान कर ली?'

‘तो उसे उसका अधिकार दिलाने के लिए आप मुझसे जैसी अपेक्षा रखेंगे, मैं वही करूंगी।’

‘क्या आप मुझे ऐसा वचन दे सकती हैं?’

‘मेरा कथन ही मेरा वचन है, मुनिश्रेष्ठ!’

‘माते! आप शीघ्र ही राजमाता बनेंगी, इसमें संदेह के लिए तनिक भी अवकाश नहीं है।’

रानी मूरा अब भी पूर्ण आश्वस्त नहीं थीं कि उसका पुत्र जीवित है; लेकिन उसे एक विचारणीय विषय अवश्य मिल चुका था। उधर चाणक्य उत्साहित क़दमों से तक्षशिला की ओर बढ़ते जा रहे थे। वे अपनी योजना की अब तक की प्रगति पर संतुष्ट थे, लेकिन अभी भी सबसे बड़ी बाधा सेनापति भागुरायण और मंत्री राक्षस को अपने पक्ष में खड़ा करने की थी। चाणक्य यह अच्छी तरह से जानते थे कि जब तक ये दोनों नहीं चाहेंगे, मगध में गृहयुद्ध की संभावना नहीं बन सकेगी। और बिना गृहयुद्ध के चन्द्रगुप्त का मगध का सम्राट बनना लगभग असंभव है।

चाणक्य तक्षशिला में पहुंचने तक इसी उधेड़बुन में लगे रहे। आश्रम में प्रवेश करते ही उन्होंने देखा कि आश्रम की व्यवस्था पहले से कहीं अच्छी स्थिति में बनी हुई है। आश्रम में अचानक अपने गुरु की उपस्थिति देखकर सभी छात्र खुशी से उछल पड़े। चाणक्य ने तुरंत चन्द्रगुप्त को अपने पास बुलाया। चन्द्रगुप्त ने आते ही अपने गुरु के चरण-स्पर्श किए। प्रतिक्रिया स्वरूप उन्होंने आशीर्वाद दिया, ‘विजयी भव।’

‘क्या युद्ध निकट है गुरुदेव?’ चन्द्रगुप्त ने उत्साहित स्वर से कहा।

‘युद्ध नहीं, गृहयुद्ध कहिए। मगध में गृहयुद्ध होने वाला है और उसमें तुम्हें अपने युद्ध-कौशल का सफल प्रदर्शन मगध के निवासियों को दिखाना है। उन्हें यह विश्वास दिलाना है कि चन्द्रगुप्त मगध की सुख, समृद्धि और सुरक्षा के प्रति सर्वाधिक संवेदनशील है।’

‘आपके आदेशों का पूर्ण पालन होगा गुरुदेव!’

‘मुझे तुमसे ऐसी ही आशा थी वत्स! लेकिन एक धर्म संकट तुम्हारे समक्ष आकर खड़ा हो गया है, उससे तुम्हें पार पाना होगा।’

'आदेश कीजिए गुरुदेव!'

'तुम्हें अपने पूर्वजों के आदर्शों के अनुसार चलना होगा। यह गृहयुद्ध भी धर्म और अधर्म के संघर्ष के रूप में देखा जाएगा। एक और अधर्म का प्रतीक धननंद है और दूसरी ओर धर्म के रूप में चन्द्रगुप्त है। महाभारत भी एक धर्म-अधर्म पर आधारित ऐसा ही युद्ध था। उसमें अर्जुन को कृष्ण ने उपदेश दिया था कि यदि कोई अपना प्रियजन भी अधर्मी हो तो उसका संहार करने में अधिक चिंतन नहीं करना चाहिए। इस धर्मयुद्ध में भी मैं तुम्हें यह उपेदश दे रहा हूं कि यदि तुम्हारा पिता अधर्म के पक्ष में खड़ा है, तो तुम्हें उसका संहार करने में तनिक भी विचलित नहीं होना है।'

'क्या आपका अपने शिष्य चन्द्रगुप्त पर कुछ संदेह हो चला है?'

'नहीं वत्स! मैं तुम्हें उन घटनाओं से पहले ही अवगत कराना चाहता हूं?, जो इस गृहयुद्ध के मध्य कहीं आपकी भावनाओं को प्रभावित न कर दें। मैंने अब तक तुमसे कुछ महत्त्वपूर्ण बातें छिपाई हुई हैं। मैं तुम्हारे समक्ष उनका उद्घाटन कर रहा हूं। तुम नंद वंश के ही वंशज हो। तुम्हारा पिता वही धननंद है, जिसके संहार का मैंने प्रण लिया हुआ है। तुमने एक मूरा नाम की शूद्रा के गर्भ से जन्म लिया है। मूरा राजा धननंद की छोटी रानी थी। जब तुम्हारा जन्म हुआ तो तुम्हें एक षड्यंत्र के अंतर्गत जन्म लेते ही मारने के लिए एक जल्लाद को सौंप दिया गया था, लेकिन वह जल्लाद धननंद के प्रति विद्रोह कर गया और तुम्हें एक नवजात शिशु के रूप में जंगल में जीवित अवस्था में ही डाल आया। तुम्हें उसी अवस्था में उस चरवाहे ने उठाकर तुम्हारा पालन-पोषण किया।

तुम धननंद के वरिष्ठ पुत्र थे, अतः तुम्हें ही नंद का उत्तराधिकार मिलना था, लेकिन मिला धननंद की बड़ी महारानी के पुत्र को, जो तुमसे आयु में कनिष्ठ था। धननंद की दृष्टि में अब भी तुम मृत्य हो, लेकिन तुम्हारी मां को मैं आश्वस्त कर आया हूं कि तुम जीवित और मेरे आश्रम में सुरक्षित हो। उन्होंने मेरी इन बातों पर विश्वास किया या नहीं, इसकी प्रक्रिया मेरे पास नहीं है। तुम्हारी माताश्री मूरा ने तुम्हें यह देखने के लिए अपने अंतःपुर में आमंत्रित किया है कि वे अपने पुत्र के रूप में तुम्हें पहचान सकेंगी या नहीं। समय बहुत कम है, तुम्हें आज ही मेरे साथ चलना होगा।'

चन्द्रगुप्त इन बातों से गहरे विस्मय में डूबता चला गया। उन्हें ये सब घटनाएं स्वप्न के समान दिखाई देने लगीं। उसे विश्वास नहीं हो रहा था कि वह किसी राजवंश का वंशज है। वह हतप्रभ-सा हो चाणक्य की ओर देखने लगा। चाणक्य उसकी मानसिक स्थिति को देखते हुए उससे कहने लगे, 'किस चिंतन में उलझ गए हो, वत्स!'

'गुरुदेव, मेरे समक्ष कोई धर्म संकट नहीं है।' चन्द्रगुप्त ने उत्तेजित स्वर से कहना शुरू कर दिया, 'यदि मेरी माताश्री शुद्रा भी थी तो उसके गर्भ से उत्पन्न मैं नंद वंश का ही तो वंशज था। फिर मेरे अधिकारों का धननंद ने हरण क्यों किया। मुझे तो युवराज घोषित करना था, लेकिन मेरी माताश्री को पुत्रशोक क्यों दिया गया। धननंद पापी है, अत्याचारी है और अन्याय प्रिय है। ऐसे धर्म से पतित व्यक्ति का यदि मैंने संहार नहीं किया तो चाणक्य का शिष्य कहलाने का अधिकारी कैसे हो सकता हूं। मैं अपनी दुःखी मां से तुरंत मिलना चाहता हूं, गुरुदेव!'

'मुझे तुमसे ऐसी ही आशा थी वत्स! तुम मेरे शिष्य ही नहीं हो, मेरी विरासत के स्वामी हो, इस देश की विरासत के भी संरक्षक हो। मैंने तुम्हें जो शिक्षा दी है, उसके मूल में तुम्हें मगध जैसे शक्तिशाली राज्य का सम्राट बनने की दक्षता प्रदान कराना था। मैं अपने उद्देश्य में सफल रहा, मेरे लिए क्या आज एक उत्सव का दिन नहीं है? बेटे! मैं तुझे पाकर धन्य हुआ हूं। धननंद का संहार मेरा लक्ष्य अवश्य था, लेकिन वह लक्ष्य राष्ट्र से बड़ा नहीं था। मेरे लिए राष्ट्र सर्वोपरि है। तुम मेरी शिक्षा के आधार पर राष्ट्र की स्वतंत्रता को अक्षुण्ण रख सकोगे। क्या मेरे लिए यह प्रसन्नता कुछ कम है?'

'गुरुदेव! मैं करनेवाला कौन हूं? मुझे आप किस बात का श्रेय दे रहे हैं। मेरी धमनियों में आपकी शिक्षा दौड़ रही है। जो होगा आप करेंगे, मैं तो केवल एक साधन बना रहूंगा-आपका एक शस्त्र बना रहूंगा। यदि मगध में धर्म के शासन की स्थापना हो सकी, तो उसके सृजक आप कहलाएंगे। यदि इस राष्ट्र की स्वतंत्रता अक्षुण्ण रह सकी तो उसका श्रेय आपको जाएगा।'

चाणक्य ने आगे बढ़कर चन्द्रगुप्त को अपने सीने से लगा लिया। दोनों की आंखों से अश्रु टपकने लगा।

# 8

रात्रि का दूसरा प्रहर धीरे-धीरे गुज़र रहा था। धीमी लौ के साथ सघन अंधकार में एक नन्हा-सा दीपक टिमटिमा रहा था। पाटलिपुत्र में मूरा के अंतः पुर से सटी यज्ञशाला के पास खड़े चाणक्य, दासी तुलसा और चन्द्रगुप्त, वहां रानी मूरा के आने की प्रतीक्षा कर रहे थे। अचानक रानी का आगमन हुआ और उसने चाणक्य का अभिवादन करते हुए अपनी दृष्टि चन्द्रगुप्त पर स्थिर कर दी। तुरंत वहां चाणक्य का धीमा स्वर गूंज उठा, 'बेटे चन्द्रगुप्त, अपनी माताश्री से आशीर्वाद नहीं लोगे?'

'चन्द्रगुप्त चाणक्य का आदेश पाते ही मूरा की ओर बढ़ चला। मूरा के लिए यह सब कुछ चामत्कारिक घटना से कम नहीं लग रहा था, वह हतप्रभ-सी मुद्रा में खड़ी यह सब कुछ विस्मय से देख रही थी। तभी चाणक्य ने कहना प्रारंभ कर दिया, 'माते! अपने रंग-रूप और चेहरे की आकृति से इस युवक की तुलना करके अनुमान लगा लीजिए कि जो युवक आपकी ओर बढ़ रहा है, क्या यह आपका पुत्र नहीं हो सकता?'

मूरा ने विस्मय की दशा से बाहर निकलते हुए चन्द्रगुप्त में अपने पुत्र की छवि देख डाली। जैसे ही चन्द्रगुप्त ने मूरा का चरण-स्पर्श करना चाहा, बीच में ही उसने चन्द्रगुप्त को उठाकर हृदय से लगा लिया और उसके अंतःकरण से वात्सल्य की भावनाएं उमड़ पड़ीं, 'बेटे चन्द्र! तू कहां था अब तक? मेरे चांद! तुझे अपनी इस दुखिया मां की याद नहीं आयी थी? मुझे कितना दुःख दिया इन लोगों ने। लेकिन अब मैं सब भूल जाऊंगी! तू मेरे ही पास रहेगा न मेरे चांद? मुझे राजपाट कुछ नहीं चाहिए। मुझे तू मिल गया, मुझे संपूर्ण संसार का राज्य मिल गया। मैं तुझे लेकर यहां चली जाऊंगी। इस अधर्म की नगरी की सीमा से कहीं दूर चली

जाऊंगी। तुझे अपने आंचल में छिपाकर रखूंगी।' मूरा की आंखों से अश्रुधारा बह निकली। चन्द्रगुप्त भी अपने आंसू न रोक सका। तुलसा तो सिसक-सिसक कर रो पड़ी।

मूरा उसे अपने आंलिगन से मुक्त नहीं कर पा रही थी। उसकी भावनाएं फिर उमड़ पड़ीं, 'मुनिश्रेष्ठ! मेरी कोई राजनीतिक आकांक्षा नहीं है और है भी तो वह पूरी नहीं हो सकती?'

'क्यों नहीं हो सकती?' चाणक्य ने दृढ़ शब्दों से कहा, 'यह उस दिन भी शूद्रा का पुत्र था और आज भी शूद्रा का पुत्र है। उस दिन यहां चाणक्य नहीं था, लेकिन आज यहां चाणक्य है।'

'अकेले चाणक्य क्या प्रधान अमात्य राक्षस का सामना कर सकेगा? क्या मगध की अजेय सेना को परास्त कर सकेगा?'

'चाणक्य स्वयं कुछ नहीं करेगा। चाणक्य की कूटनीति करेगी-चन्द्रगुप्त करेगा।'

'नहीं मुनिश्रेष्ठ! मैं अपने पुत्र को अब क्षण-भर के लिए भी अपने से दूर नहीं रखना चाहूंगी। जैसा आप चाह रहे हैं, ऐसा कुछ नहीं होगा। इस नगरी में मानव नहीं रहते, पाषाणों का ढेर है यह मगध! मैं अपने पुत्र को इन पाषाणों से टकराने की अनुमति नहीं दे सकती। मैं अपने पुत्र को लेकर यहां से कहीं ऐसे स्थान पर जाना चाहती हूं, जहां न्याय का शासन हो, ब्राह्मणवाद इतना उच्छृंखल न हो कि वहां शूद्रों का जीना ही दूभर हो जाए। जहां व्यक्ति का कार्य उसकी प्रतिष्ठा का कारण बने न कि उसकी जाति।'

'मैं चाणक्य हूं। जो चाहता हूं उसे करके दिखा भी देता हूं। मगध राज्य ऐसा ही होगा जैसा आप चाहती हैं और यह होगा चन्द्रगुप्त के पराक्रम से। माते! एक नया इतिहास बनने जा रहा है। एक शूद्रा का पुत्र उस मगध का सम्राट बनने जा रहा है, जिस पर अब ब्राह्मणवाद का अधिकार है, और अंत में माते, यह भी सत्य है कि जब आपके पुत्र की हस्तरेखाओं में मगध का सम्राट बनने का योग है तो उन रेखाओं को न आप मिटा सकेंगी और न मैं। चन्द्रगुप्त अब आपके पास ही रहेगा।

धननंद और अमात्य राक्षस को यह सूचना मिलनी चाहिए कि मूरा के पास

उसका भतीजा कुछ दिन रहने के लिए आया है। इसके अतिरिक्त आप धननंद को अपने प्रेमजाल में उलझाकर उसे अपने अंतःपुर में ही घेरे रखना है। मैं बाहर उसके विरुद्ध विद्रोह की तैयारी में आज से व्यस्त हो जाऊंगा। अब मैं मंदिर में जाकर विश्राम करूंगा।'

जैसे ही चाणक्य ने मंदिर में प्रवेश किया तो उसकी दृष्टि श्रेया के कक्ष में जलते एक दीपक पर पड़ी। उसके अंदर तुरंत एक विचार कौंधा–'कितना अच्छा अवसर है श्रेया को प्रभावित करने का, उसकी भावनाओं में अपना स्थान बनाने का और उसे अपनी योजना का एक महत्त्वपूर्ण अंग बनाने का।' इसी चिंतन के साथ उसके क़दम उसी ओर बढ़ चले। कपाटों पर थपथपाहट के तुरंत बाद श्रेया ने कपाट खोल दिए। वह अपने समक्ष चाणक्य को देखकर चौंक पड़ी और धीमे स्वर से बोल पड़ी, 'इस असमय में आप यहां?'

'शुभ काम के लिए कोई समय-असमय नहीं होता। यदि आप इसे अन्यथा न ले जाएं, तो क्या मुझे मगध के भविष्य पर विचार-विमर्श के लिए कुछ समय दे सकेंगी?'

'क्या इस संवेदनशील समय में ऐसा करना उचित होगा?'

'श्रेया! उचित-अनुचित का प्रश्न मत उठाओ। मगध के भविष्य पर सोचो अपने भविष्य पर नहीं। यहां कोई हमें नहीं देख रहा है। यदि आज हमने यह समय निकाल दिया तो आगे हाथ मलते ही रह जाएंगे। अपने मन के सभी निरर्थक चिंतन को दूर कीजिए और सार्थक चिंतन को आमंत्रित कीजिए।'

'आपने मुझे दुविधा में डाल दिया है ब्राह्मण देव! आपके प्रस्ताव में मेरे लिए अहित की संभावनाएं बहुत अधिक हैं। फिर भी मैं उन्हें राष्ट्रहित से कम ही आंकती हूं। आप अंदर आ जाइए।'

दोनों के अंदर होते ही कपाट बंद हो गए। दोनों कुछ क्षणों तक मौन मुद्रा में बैठे रहे। चाणक्य ने ही मौन भंग करते हुए कहना प्रारंभ किया, 'श्रेया जी! शीघ्र ही इस मगध का इतिहास बदलने जा रहा है। नंद वंश का विनाश होगा और एक नए वंश का शासन स्थापित होगा।'

'क्या यह आवश्यक है कि नए वंश का शासन नंद वंश के शासन से अच्छा होगा?'

'यदि अच्छा होगा, तो क्या आप चाहेंगी कि यहां एक नए वंश का शासन हो?'

'क्या मेरे चाहने से हो जाएगा?'

'मैं आपको आश्वासन देता हूं, लेकिन इस कार्य में आपको मेरी सहायता करनी पड़ेगी।'

'यदि यह परिवर्तन अहिंसात्मक हुआ तो मैं आपकी सहायता कर सकूंगी?'

'मेरी गुरु परिस्थितियां रही हैं। मैंने परिस्थितियों से ही सब कुछ सीखा है। व्यर्थ में कौन रक्त बहाना चाहता है? आप मुझ पर विश्वास कीजिए, लेकिन आपके विचारों से ऐसा प्रतीत होता है कि आप बौद्ध धर्म की अनुयायी हैं।'

'हां, नहीं! नहीं!! नहीं!!!' श्रेया ने हड़बड़ाते हुए कहा।

'आप बौद्ध धर्म को अपनाकर कोई पाप नहीं कर रही हैं। मुझे पता है कि धननंद बौद्धों से घृणा करता है और आप राजाश्रित व्यवस्था वाले शिव मंदिर में रह रही हैं, अतः यदि आपकी आस्था का पता चल जाए तो आपके ऊपर विपत्तियों का पहाड़ टूट सकता है, लेकिन ऐसा कुछ नहीं होगा, परंतु आपको मुझे धर्मकेतु से मिलवाने की व्यवस्था करनी होगी।'

'मैं आपकी किसी भी योजना में सीधा हस्तक्षेप नहीं कर सकती। हां, मार्ग बता सकती हूं। यहां के पुजारी रविदत्त के धर्मकेतु से घरेलू संबंध हैं। वह आपकी भेंट धर्मकेतु से करा सकते हैं।'

'धन्यवाद श्रेया जी! लेकिन मेरा कार्य अभी अधूरा है। मेरे लिए भागुरायण सर्वाधिक महत्त्वपूर्ण व्यक्ति हैं, क्योंकि वह सेनापति हैं और राज्य की सुरक्षा उसके अधीन है। अब आप मुझे वह रास्ता बताएं जिसके द्वारा मैं सेनापति से संपर्क साध सकूं।'

'सेनापति भागुरायण छोटी रानी मूरा के संपर्क में हैं। जब मूरा पुत्रशोक में आत्महत्या करने गंगा के तट पर पहुंच चुकी थी, तो भागुरायण ही उसे सांत्वना देते हुए वापस अंतःपुर ले आए थे। भागुरायण छोटी रानी मूरा का दुःख-सुख का साथी है।'

'अच्छा शुभरात्रि श्रेया जी! असमय में कष्ट दिया इसके लिए क्षमा।'

मंदिर के घंटे घड़ियाल मौन हो चुके थे। श्रद्धालुओं से मंदिर का परिसर

लगभग खाली हो चुका था। तभी अचानक श्रेया ने चाणक्य के कक्ष में प्रवेश किया। चाणक्य ने उसका उत्साहित स्वर से स्वागत किया, 'आपका स्वागत है, श्रेया जी!'

'इस सम्मान के लिए धन्यवाद! आपके लिए मूरा का पत्र है। आज सुबह ही तुलसा ने मुझे दिया है।'

'क्या आपने इसे पढ़ लिया है?'

'मैं पढ़ी-लिखी नहीं हूं।'

'कोई बात नहीं मैं पढ़कर सुना देता हूं।'

'नहीं, नहीं... मैं आपकी गोपनीयता भंग कर सकती हूं।'

'आप ऐसा नहीं कर सकेंगी, मुझे विश्वास है।'

'तो ठीक है कर लीजिए, इस विश्वास की परीक्षा।'

चाणक्य ने पत्र पढ़ना शुरू किया।

पत्र समाप्त हो गया था। पत्र की विषय-वस्तु पर दोनों कुछ क्षणों तक चिंतन करते रहे। आख़िर चाणक्य ने ही यह कहते हुए अपना चिंतन भंग किया, 'श्रेया! समय धीरे खिंचता जा रहा है। अब मुझे यहां से जाना होगा, सुरक्षा की दृष्टि से और सेनापति भागुरायण से भेंट करने के लिए भी। मैं अब गंगा किनारे एक साधु के वेश में एक कुटी में रहूंगा। मेरे शिष्य आपसे मिलते रहेंगे। यदि रानी मूरा दासी तुलसा के माध्यम से कोई सूचना दें तो मेरे शिष्यों को देती रहना। अच्छा! अब मैं चलूं।'

चाणक्य गंगा में स्नान करके संध्याकाल के आगमन पर साधना में बैठने ही वाले थे कि उन्हें कुछ घुड़सवार आते हुए दिखाई दिए। उन्होंने सहज ही में अनुमान लगा लिया कि निश्चय ही यह सेनापति भागुरायण का सैन्यबल है। वे तब तक उधर ही देखते रहे जब तक कि वे उनके निकट नहीं आ गए। सेनापति ने घोड़े से उतरकर चाणक्य के चरण-स्पर्श किए। इसकी प्रतिक्रिया में चाणक्य ने उसे 'विजयी भव' का आशीर्वाद दिया। भागुरायण ने गंभीर मुद्रा में कहा, 'पंडित महाराज! आशीर्वाद देने में बहुत शीघ्रता की। यदि मेरी विजय होती है, तो आपकी पराजय निश्चित है।'

'नहीं सेनापति महोदय! यदि पराजय होती है तो हम दोनों की होगी और यदि

विजय होती है तो भी दोनों की ही होगी। यह ऋषि चाणक्य का विश्वास है। हम आगे कुछ बातें बढ़ाएं इन सैनिकों को स्नान की आज्ञा दे दीजिए।'

'ठीक है ऋषिवर! ये यहां स्नान करते रहेंगे और हम उधर भ्रमण कर लेते हैं लेकिन मैं यहां आकर ऊहा-पोह में फंस गया हूं। रानी मूरा ने कहा था कि चाणक्य एक न्यायप्रिय ब्राह्मण हैं और वह चन्द्रगुप्त को मगध का राज्य सौंपने आए हैं, लेकिन यहां आकर मैं उस ब्राह्मण को देख रहा हूं, जो धननंद से रुष्ट होकर उसे यह अभिशाप देकर चले थे कि नंद वंश का विनाश शीघ्र ही होगा और उस विनाश का श्रेय मुझे मिलेगा।'

'आपने ठीक पहचाना। मैं वही ब्राह्मण हूं, लेकिन मेरा संकल्प वही नहीं है। मैं मगध में ऐसे पराक्रमी राजा का राज चाहता हूं, जो विद्वानों का सम्मान करे। जात-पात से ऊपर उठकर केवल मानवीय दृष्टिकोण से निर्णय ले। किसी शूद्र को उसके अधिकारों से वंचित न करे, जो विवेकशील और न्यायप्रिय हो। मैंने अपने शिष्य चन्द्रगुप्त में इन गुणों का विकास किया है। वह एक दिन इन्हीं गुणों का चक्रवर्ती राजा बनेगा, परंतु यह बात यहां आकर रुक जाती है कि मगध का राज्य चन्द्रगुप्त को न मिलकर महारानी सुनन्दा के पुत्र को मिलने जा रहा है, अतः उसे रोकना होगा। उसे रोकने में सबसे बड़ी बाधा अमात्य राक्षस है। वह महाराज का अंधभक्त है। वह अहिंसक विधि-विधान से चन्द्रगुप्त को शासन की बागडोर नहीं सौंपने देगा, अतः हिंसा हमारी विवशता है।'

'यदि वह विद्रोह सफल नहीं हुआ?'

'आपने चाणक्य का चक्रव्यूह नहीं देखा है। धननंद को ऐसा फंसा दिया है कि उसकी मृत्यु ही अब उसे वहां से मुक्त कर सकती है। सेनापति महोदय! शक्ति को धर्म का साथ देना चाहिए। यदि वह अधर्म का साथ देगी तो पृथ्वी पर राक्षसों का राज्य स्थापित हो जाएगा और मानवता आत्मदाह कर लेगी। आप सेनापति हैं—शक्ति के प्रतीक हैं, अतः धर्म के साथ खड़े हो जाइए। गीता का उपदेश सार्थक कीजिए। इस युद्ध से धर्म की स्थापना कीजिए और अधर्म का विनाश कीजिए।'

'लेकिन क्या मैं अकेला ऐसा कर सकूंगा? बिना राक्षस के सहयोग के यह असंभव है। राष्ट्रीय प्रधान सलाहकार धर्मकेतु की स्वीकृति भी इसके लिए आवश्यक है।'

‘सेनापति महोदय! चाणक्य के शब्दकोश में असंभव शब्द नहीं है। वैसे भी धर्म की रक्षा आपका नैतिक अधिकार है। शास्त्रों के आदेश का मानो। धर्म के लिए बलिदान हो जाओ। यही आपके लिए शुभ कर्म है।’

‘आपका लक्ष्य तो महान है, लेकिन उसे प्राप्त करने के साधनों से मेरा मतभेद है। फिर भी यदि धर्मकेतु, मैं और आप कहीं मंत्रणा करके इस विद्रोह से सहमत हो जाएं तो धर्म की रक्षा हो सकती है। मैं रानी मूरा से पत्र व्यवहार के बाद आपको किसी स्थान पर आमंत्रित करूंगा। यदि हम तीनों की सहमति बन जाती है तो आप हमारे नेतृत्व के लिए तैयार रहना। अब हम वापस पाटलिपुत्र लौट रहे हैं।’

‘इस अनुकम्पा के लिए आभार व्यक्त करता हूं सेनापति जी। आपके इस प्रस्ताव में यदि आप अनुमति दें तो एक छोटा-सा संशोधन करना चाहूंगा।’

‘आप ऋषि हैं आपको अनुमति देने वाले हम कौन होते हैं?’

‘यह आपकी महानता है सेनापति जी! मैं उसे मंत्रणा में चन्द्रगुप्त को भी सम्मिलित करना चाहता हूं।’

‘आप जो चाहें करने के लिए स्वतंत्र हैं ऋषिवर!’

# 9

रात्रि के बारह बज चुके थे। पूर्व योजना के अनुसार चाणक्य, सेनापति भागुरायण, चन्द्रगुप्त और धर्मकेतु की मंत्रणा चल रही थी। सर्वसम्मति से निर्णय लिया गया कि एक बहुत बड़े घटना-क्रम की रचना की जाए। यवन की अधीनता स्वीकार करने वाले शासक पर्वतेश्वर को मगध पर आक्रमण करने के लिए उकसाया जाए। उसकी सेना को रोकने के लिए सेनापति को सैन्यबल के साथ उत्तर-पश्चिम दिशा में भेज दिया जाए। फिर चन्द्रगुप्त से अपने द्वारा निर्मित एक सैन्य टुकड़ी से सम्पूर्ण राजभवन पर आक्रमण कराया जाए। उस आक्रमण में समस्त नंद परिवार का सफाया करा दिया जाए। फिर चन्द्रगुप्त द्वारा उस टुकड़ी के विरुद्ध अपना पराक्रम दिखाने का अवसर दिया जाए, जिससे मगध की जनता चन्द्रगुप्त के शौर्य को देखकर इसे ही मगध का शासन सौंपने को तैयार हो जाए। इस अवधि के बीच अमात्यराज को कहीं बलात् भूमिगत कर दिया जाए। चाणक्य को इस योजना का सूत्रधार नियुक्त कर दिया जाए।

चन्द्रगुप्त जानता था कि सिकन्दर के विरुद्ध भारत में जो विद्रोह हुआ, वह वस्तुतः जनता का विद्रोह था। उसमें उन गणराज्यों के निवासियों ने विशेष रूप से भाग लिया था, जिनकी स्वतंत्रता का मैसिडोनियल सेना द्वारा अंत कर दिया गया था। गणराज्यों को अपनी स्वतंत्रता से बहुत अधिक प्रेम था। वे कभी भी विदेशी आक्रान्ताओं के अधीन रहना नहीं चाहते थे। वे चन्द्रगुप्त में उस शक्ति-सामर्थ्य को देख रहे थे, जो उन्हें विदेशी आक्रान्ताओं से सदा के लिए मुक्ति दिला सकती थी। चन्द्रगुप्त ने उन्हीं गणराज्यों से एक सैन्यबल का गठन किया और उसके शिविर पाटलिपुत्र से कुछ दूर घने जंगलों में लगा दिए। उधर पर्वतेश्वर

चाणक्य चन्द्रगुप्त के राज्याभिषेक की तैयारियों की वार्ता करते

ने भी इस आकलन के बाद कि मगध में विद्रोह की चिंगारी भड़क सकती है, और ऐसी स्थिति में मगध पर विजय प्राप्त की जा सकती है, अपने सैन्य-बलों को मगध के लिए कूच करा दिया और उसने उत्तर-पश्चिम दिशा में अपने शिविर लगा लिए।

धननंद को ऐसे आपातकाल का कोई ज्ञान नहीं हो सका था। वह तो मूरा के अंतःपुर में अपनी रंगरेलियों में लिप्त था। मगध में सब स्थानों पर यह बात प्रचारित हो चुकी थी कि पाटलिपुत्र पर यमन समर्पित पर्वतेश्वर कभी भी आक्रमण कर सकता है।

इस आक्रमण को रोकने के लिए सेनापति भागुरायण सेना लेकर उत्तर-पश्चिम दिशा की ओर बढ़ चला और पर्वतेश्वर की सेना पर धावा बोल दिया। उधर समय की संवेदनशीलता को देखते हुए गणराज्यों की सेनाओं ने राजभवन पर सीधा आक्रमण कर दिया। उस आक्रमण को विफल करने के लिए वहां मगध का पर्याप्त सैन्यबल नहीं था। अतः गणराज्यों की सेना ने धननंद और उसके सब पुत्र-पुत्रियों और मूरा को छोड़कर सभी रानियों का संहार कर डाला। चन्द्रगुप्त ने आख़िर अपने अनुपम युद्ध-कौशल का प्रदर्शन करते हुए उन गणराज्यों की सेना को भगा दिया। पूरे नगर में यह बात प्रचारित हो गई कि यदि यहां चन्द्रगुप्त न होता तो वे आक्रांता आज पाटलिपुत्र पर अपना अधिकार कर सकते थे। चारों ओर से चन्द्रगुप्त का जयघोष होने लगा।

दूसरी ओर मगध की सेना ने पर्वतेश्वर की सेना को हराकर पर्वतेश्वर को बंदी बना लिया। जहां पाटलिपुत्र की जनता इस विजय से प्रसन्न थी वहां संपूर्ण नंदवंश के विनाश का शोक भी था। नंदवंश का कोई भी वंशज जीवित नहीं बच सका था। अतः राजा के उत्तराधिकारी के चयन का प्रश्न उलझ गया। पाटलिपुत्र की जनता ने एक स्वर से कहा कि यदि मगध की सुरक्षा कोई बलशाली युवक कर सकता है तो वह चन्द्रगुप्त ही हो सकता है। चन्द्रगुप्त के राज्याभिषेक की तैयारियां होने लगी। लेकिन बिना अमात्यराज राक्षस के यह अनुष्ठान पूर्ण कैसे हो सकता था, अतः अमात्यराज राक्षस को खोजा गया। कुछ देर बाद वह स्वयं ही अनुष्ठान-स्थल पर आ गया। इस अनुष्ठान प्रक्रिया को देखकर वह बौखला गया और क्रोधावेश में आग उगलने लगा, 'धूर्त चाणक्य, तेरा यह षड्यंत्र मेरे

रहते सफल नहीं हो सकेगा। मुझे श्रेया नाम की साध्वी ने सब कुछ बता दिया है। पापी! तूने अहिंसा का आश्वासन देकर हिंसा का जो यह घृणित खेल खेला है, उससे आहत होकर उस साध्वी ने आत्मदाह कर लिया है। तू वही तो अहंकारी ब्राह्मण है, जिसने भुक्तशाला में प्रण किया था कि नंद को वंशहीन कर दूंगा। तूने अपने संकल्प को पूर्ण करने के लिए हिंसक षड्यंत्र रचा है और इसके द्वारा अपना संकल्प पूर्ण कर लिया है।'

अनुष्ठान का कार्य रुक चुका था और वहां एकत्रित दर्शक राक्षस के इन उद्गारों से स्तब्ध दिखाई दे रहे थे। उनके लिए सब कुछ एक अनसुलझी पहेली के समान लग रहा था। समय की संवेदनशीलता को समझते हुए चाणक्य ने आख़िर सब दर्शकों को संतुष्ट करने के लिए वहां अपने तर्क रखने शुरू कर दिए, 'अमात्यराज जी! एक घटना घट गई है। वह दुःखद थी या सुखद उसका निर्णय आप नहीं कर सकेंगे, क्योंकि वर्तमान घटना का केवल ब्राह्मरूप देखता है, जबकि उसका अंतःरूप उसके इतिहास में अंकित होता है। भविष्य में आने वाले हमारे वंशज ही इसका मूल्यांकन कर सकेंगे। अतः इसे भविष्य पर छोड़कर वर्तमान के इस अनुष्ठान को पूर्ण कर लें।'

यह अनुष्ठान पूर्ण नहीं हो सकेगा, क्योंकि यह किसी स्वाभाविक घटना का प्रतिफल नहीं है। सबकी आंखों के समक्ष इस षड्यंत्र में चाणक्य ने ही नहीं, बल्कि सेनापति भागुरायण ने, सुरक्षा सलाहकार धर्मकेतु ने और छोटी रानी मूरा ने अपनी-अपनी भूमिकाएं निभाई हैं, जिसे वे सफल भूमिका समझकर फूले नहीं समा रहे हैं, लेकिन पाटलिपुत्र की जनता चन्द्रगुप्त नामक इस युवक की भूमिका को विफल भूमिका का प्रमाण पत्र देने को तैयार बैठी है। यह नंदवंश का हत्यारा मगध का शासक नहीं बन सकेगा। मैं कितना मूर्ख निकला! इनके षड्यंत्र को नहीं समझ सका। मुझे भूमिगत कर दिया गया तब भी नहीं समझ सका। इस अनुष्ठान-स्थल पर केवल नंद वंश के वंशजों का ही राज्याभिषेक होता आया है। मैं अपने जीवन की अंतिम सांस तक इस अनुष्ठान-स्थल पर नंद वंश से अलग किसी अन्य वंश के वंशज को अपनी आंखों के सामने राज्याभिषेक नहीं होने दूंगा। यह मेरी प्रतिज्ञा है। अतः मैं जा रहा हूं। आप मेरी अनुपस्थिति में जो चाहें सो करें।

'आप अपनी प्रतिज्ञा पर अटल हैं अमात्यराज?' चाणक्य ने उच्च स्वर से कहा।

'हां, मैं अपनी प्रतिज्ञा पर अटल हूं।'

'क्या प्रतिज्ञा है आपकी? एक बार पाटलिपुत्र की जनता के समक्ष उसे फिर जाहिर कर दीजिए।'

'मैं केवल नंद वंश के किसी वंशज को ही मगध के राजा के रूप में मान्यता दे सकता हूं।'

'ठीक है अमात्यराज! अपनी दृष्टि उधर घुमाइए, जिधर महिला दर्शकों की प्रथम पंक्ति शुरू होती है। उस पंक्ति के प्रथम क्रम में कौन महिला बैठी है, उसे आप पहचान सकते हैं?'

'छोटी रानी मूरा देवी हैं।'

'मूरा देवी नहीं, केवल मूरा कहिए। एक शुद्रा नारी को मगध में कौन देवी मानता है? इसके रंग-रूप और चेहरे की आकृति की तुलना चन्द्रगुप्त से कीजिए और अनुमान लगाइए कि यह युवक क्या मूरा का पुत्र नहीं हो सकता?'

'यदि मूरा का पुत्र जीवित होता तो मैं इस समानता को मान्य कर लेता, लेकिन जब मुझे यह पता है कि मूरा के पुत्र की हत्या कर दी गई थी फिर अब इस समानता का क्या अर्थ रह जाता है।'

'और यदि मेरे पुत्र की हत्या नहीं हुई हो तो?' मूरा ने दर्शक दीर्घा से खड़े होकर राक्षस पर इस प्रश्न का प्रहार कर दिया।

'तो मैं इस समानता को मान्य कर लूंगा, लेकिन आपको इसका एक विश्वसनीय प्रमाण देना पड़ेगा कि क्या वास्तव में आपके पुत्र की हत्या नहीं हुई थी?'

'मैं इसका प्रमाण दूंगी। मैं आज पाटलिपुत्र की जनता से न्याय मांगने आयी हूं। राजघराने के उस घृणित षड्यंत्र का भंडाफोड़ करने आयी हूं, जिसमें जाति के आधार पर किसी नवजात शिशु को उसके अधिकार से वंचित ही नहीं कर दिया जाता, बल्कि उसकी हत्या कर दी जाती है। आज बड़े गर्व से सीना चौड़ा करके अमात्यराज राक्षस अपने को नंद वंश का एक निष्ठावान सिपाही घोषित कर रहे हैं, लेकिन उनकी ये निष्ठा उस दिन कहां चली गई थी। जब मेरे नवजात शिशु की हत्या करवाने के लिए उसे एक जल्लाद को इसलिए सौंप दिया गया था,

कि एक शूद्रा की कोख से जन्म लेने वाला युवक मगध जैसे सम्मानित राज्य का सम्राट नहीं बन सकता? वह यही राक्षस था जिसने यह तर्क दिया था। लेकिन वह जल्लाद अमात्य से कहीं अधिक कारुणिक निकला और उसने मेरे शिशु को किसी सुरक्षित जगह जंगल में जीवित रख दिया और वहां से उसे एक चरवाहे ने उठाकर पाल-पोस लिया। उसी बालक को पूज्य चाणक्य ने अपने आश्रम में शस्त्र और शास्त्रों की शिक्षा देकर एक विद्वान योद्धा बनाया। आज वही बालक चन्द्रगुप्त के रूप में आपसे अपना अधिकार मांगने आया है। यह धननंद के पुत्रों से सबसे वरिष्ठ था, अतः धननंद का उत्तराधिकारी था। मैं आज जनता के न्यायालय में विनती कर रही हूं– हे मगध की न्यायप्रिय जनता! क्या आप मेरे पुत्र को न्याय दे सकेंगी? यदि नहीं तो मौन बैठी रहें और यदि हां, तो चन्द्रगुप्त की जय बोल दें। इससे पूर्व मैं भगवान को साक्षी मानकर यह घोषणा करती हूं कि चन्द्रगुप्त धननंद का वंशज है। इसकी पुष्टि चाणक्य मुनि कर सकते हैं। जब यह शिशु इस चरवाहे को मिला था तो इसके गले में नंद वंश का यह रक्षाकवच था। जो मुनि चाणक्य ने मुझे सौंपा है। दर्शक एक स्वर से उद्‌घोष करने लगे–'मगध सम्राट महाराजा चन्द्रगुप्त की जय! मगध सम्राट महाराजा चन्द्रगुप्त की जय!'

जयघोष के उपरांत दर्शकों में मौन-सा छा गया। इस मौन को भंग करते हुए चाणक्य ने अमात्यराज राक्षस की ओर देखते हुए एक प्रश्न उछाल दिया, 'अब क्या निर्णय है अमात्यराज! राज्याभिषेक के लिए पुरोहित को आज्ञा देते हो, या इस अनुष्ठान को समाप्त कर दिया जाए।

'मैं अपनी पूर्व भूलों के लिए क्षमा मांगते हुए पुरोहित को आज्ञा देता हूं कि वे चन्द्रगुप्त का राज्याभिषेक करें।'

चन्द्रगुप्त की जयघोष से संपूर्ण परिसर गूंज उठा। पुरोहित मंत्री का उच्चारण करने लगा और महिलाएं मंगल-गान गाने लगीं।

# 10

पाटलिपुत्र में सायं तक इस महोत्सव की धूम-धाम चलती रही। मूरा की प्रसन्नता देखते ही बनती थी। संपूर्ण राजभवन को बंदनवारों से सजाया गया था। चाणक्य इस धूमधाम की समाप्ति पर मूरा के अंतःपुर में पहुंच गए। मूरा ने उनका मिष्ठान्न आदि से स्वागत किया और बैठने के लिए आसन बिछा दिया। चाणक्य ने आसन ग्रहण करते हुए कहना प्रारंभ किया, 'माते! आपने पाटलिपुत्र की जनता के मध्य यह घोषणा की है कि चन्द्रगुप्त नंद वंश का दीप है। क्या यह सत्य है?'

'हां, यह सत्य है मुनिश्रेष्ठ!'

'क्या चन्द्रगुप्त धननंद का वंश है?'

'हां, यह सत्य है।'

'इसे सत्य को झुठला दो मूरा, नहीं तो ये सम्पूर्ण उत्सव शोक में ढल जाएगा।'

'मैं कुछ समझी नहीं मुनिवर!'

'यदि चन्द्रगुप्त नंद का वंशज है तो यह मेरे संकल्प का शिकार है। अपने संकल्प को पूर्ण करने के लिए मुझे इसकी हत्या करनी पड़ेगी।'

'यह क्या कह रहे हैं आप मुनिश्रेष्ठ?'

'मेरी प्रतिज्ञा थी कि मैं नंद वंश का विनाश करूंगा लेकिन एक नंद वंश का युवक अर्थात् चन्द्रगुप्त अभी शेष है। अच्छा है आप यह घोषणा कर दें कि चन्द्रगुप्त नंद वंश का दीपक नहीं है, जैसा कि महारानी सुनन्दा ने घोषणा की थी तो चन्द्रगुप्त के प्राण बच सकते हैं।'

'मुनिवर! आप शास्त्रों के ज्ञाता हैं। मैंने एक शिशु को जन्म दिया, लेकिन उसके पिता ने उसे अपने वंश का नाम देने से मना कर दिया। उस शिशु को मैंने स्तनपान तक भी नहीं कराया था कि उसकी हत्या करने के लिए उसे एक जल्लाद को सौंप दिया गया। समाज की दृष्टि में वह मर गया और उसके साथ ही उसका वंश भी समाप्त हो गया, लेकिन उसके शरीर में नए प्राण फूंके, उस चरवाहे दम्पती ने। तो मेरे विचार से उस बच्चे को उस चरवाहे का वंश मिलना चाहिए न कि मेरा या धननंद का। वहां अनुष्ठान स्थल पर उसे नंद वंश का घोषित करना एक तार्किक कृत्य था, लेकिन यहां तर्क के लिए कोई स्थान नहीं है, केवल एक व्यावहारिकता है। उस व्यावहारिकता के कारण चन्द्रगुप्त को उस चरवाहे का वंश दे दीजिए।'

'मैं एक हठी और क्रोधी ब्राह्मण हूं, लेकिन विशेष परिस्थितियों के कारण मैं आपकी व्यावहारिक कला का समर्थन करता हूं और चन्द्रगुप्त को नंद वंश से मुक्त करता हूं, लेकिन उस चरवाहे के वंश का नाम भी तो हमें ज्ञात नहीं, फिर कौन-सा वंश में चन्द्रगुप्त को?'

'वे दम्पती क्या काम करते थे?'

'वे चरवाहे थे और मोर भी पालते थे।'

'तो फिर उसका मौर्य वंश हुआ। आज से चन्द्रगुप्त को आप चन्द्रगुप्त मौर्य के नाम से पुकारिए।'

# प्रश्नोत्तरी

1.) चाणक्य किस राजा का गुरु था ?

(अ) अशोक (ब) बिम्बिसार

(स) अजातशत्रु (द) चन्द्रगुप्त

2.) विष्णुगुप्त किसका नाम था ?

(अ) धननंद (ब) चाणक्य

(स) गौतम बुद्ध (द) अशोक

3.) धननंद किस राज्य का शासक था ?

(अ) अवन्ति (ब) लिच्छवी

(स) तक्षशिला (द) मगध

4.) मगध साम्राज्य की राजधानी कहां अवस्थित थी ?

(अ) हस्तिनापुर (ब) कपिलवस्तु

(स) चम्पा (द) पाटलिपुत्र

5.) चन्द्रगुप्त ने चाणक्य की मदद से किस राजवंश की स्थापना की ?

(अ) गुप्त (ब) चन्देल

(स) पाल (द) मौर्य

6.) चन्द्रगुप्त की वास्तविक मां का नाम था ?

(अ) सुनंदा (ब) मायादेवी

(स) मूरा (द) चणेश्वरी

7.) मगध के सुरक्षा सलाहकार का नाम था ?

(अ) धर्मकेतु (ब) रविदत्त

(स) गंगा प्रसाद (द) भागुरायण

8.) भागुरायण मगध राज्य में किस पद पर था ?

(अ) पुरोहित (ब) खजांची

(स) सेनापति (द) गुप्तचर

उत्तर

1. (द), 2. (ब), 3. (द), 4. (द), 5. (द), 6. (स), 7. (अ), 8. (स)